소설사전

우리 삶을 발견하는 9가지의 짧은 소설들

발 행 | 2022년 11월 4일

저 자 | 별솔 이은주 꿈구슬 민트 파하비 양민정 강효국 김희복 제주밥상김마마

기획편집 | 김미소 차영민

디자인 | 꿈꾸는 구슬 경수기 (www.instagram.com/kskim1052)

펴낸이 | 한건희

펴낸곳 | 주식회사 부크크

출판사등록 | 2014.07.15.(제2014-16호)

주 소 | 서울시 금천구 가산디지털1로 119, SK트윈타워 A동 305호

전 화 | 1670-8316

이메일 | info@bookk.co.kr

ISBN | 979-11-372-9894-1

www.bookk.co.kr

차례

우연이 겹치면 달달한 로맨스

별 솔

별솔

로맨스 소설, 드라마를 좋아하는 풋내기 작가

[2021년 9월 25일 / 서준 대학병원, 서현사거리]

끼이이익, 쾅!

"아아, 머리가 깨질 것 같아. 으."

주연은 두통과 함께 콧속 깊숙이 들어오는 소독약 냄새 때문에 정신이 번쩍 들었다. 오른쪽 관자놀이를 누르면서 눈을 뜨자, 갑작스런 환한 빛 때문에 그녀는 인상을 쓰면서 눈을 감아버렸다. 1초, 2초 두 눈을 감고 기다리다 조심스럽게 겨우 눈을 떴다. 눈앞에 정면으로 보이는 것은 하얀 천장과 조명이었다. 일어나려고 움직이던 주연은 손끝에서 낯설고 뻣뻣한 감촉이 느껴졌다.
"어? 뭐지?"
잡아 끌어올려 뭔지 확인해보니, 파란색으로 서준 대학병원 글자가 있는 하얀 병원 이불이었다.
그녀만 멈춘 것 같고 다른 사람들은 모두 분주한 듯 바쁘게 움직이고 있다. 주연의 시선을 스치고 사람들이 지나간다. 하얀 가운을 입고 옷 끝자락을 날리며 빠른 걸음으로 걷는 의사, 차트를 들고 그 옆을 따라가는 남색 유니폼 차림의 간호사, 간이 의자에 기대어 눈을 감고 있는 여자 그리고 서너 살쯤 되어 보이는 남자아이를 안고 달래는 아이 엄마, 그 옆에서 어쩔 줄 몰라 쩔쩔매는 아이 아빠.
점점 주변의 모든 소음들이 크게 웅성웅성 들리기 시작했다. 반복되어 울리는 구급차 소리, 사람들이 미는 침대 바퀴가 바닥을 긁는 소리, 아프다고 앓는 소리, 울음소리 등 온갖 소리가 뒤섞여 주연의 마음을 더 어지럽게 만들었다.

병원? 내가 왜 응급실에 있는 거지? 당황한 주연은 흔들리는 시선을 아무 곳에 일단 멈췄다. 의미 없이 그곳을 보며 서둘러 무슨 일이 있었던 건지 되짚어 봤다.

달콤 베이커리 제빵사로 일하고 있는 주연은 여름에 쓰지 못한 일주일간의 여름휴가를 보내는 중이다. 쉬는 동안 매일 빠짐 없이 하는 일이 있다. 바로, 해 질 무렵 서늘해지면 체리와 동네 공원에 산책하러 가는 것이다. 녹초가 되어 퇴근하니 체리를 매일 산책시키는 것이 쉽지 않다. 그래서 휴가 기간, 체리와 시간을 보내려고 했다.

그날도 주연은 체리와 함께였다. 9월 말이 되니 선선한 가을 바람이 기분 좋게 불어왔다. 가을의 시작을 품을 시원한 바람이 체리의 보송보송한 털을 간질이듯 살랑 흔들었다. 그리고 주연의 가는 단발머리 끝을 스치고 지나갔다. 한참을 체리와 달리고 걷기를 반복하던 주연은 주변이 어둑해지기 시작하자 집으로 돌아가기 위해 나섰다.

"맞아. 서현사거리! 집에 가려고 횡단보도에 서 있었는데?"

갑자기 강한 불빛이 쏟아져 눈을 마비시켜 버린 것처럼 아무 것도 보이지 않았다.
그녀는 엄청난 힘의 충격을 받고 정신을 잃었었다. 사고였다.
그때 생각이 나자, 주연은 갑자기 두 팔이 허전해졌다. 자신의 품속에 있어야 할 보드랍고 따뜻한 온기의 체리가 없다. 왜? 어떻게 사고가 난 건지는 모르겠지만 확실한 건 지금 체리가 옆에 없다는 것이었다.

8

"체리, 우리 체리는 그럼?"

체리가 옆에 없다는 것을 깨닫자, 그녀의 모든 사고가 멈춰버렸다. 그때, 주연이 누워 있는 침대 앞을 간호사가 지나가자 그녀는 서둘러 간호사를 부른다.

"선생님?"

"어? 깨어나셨어요?"

"근데 선생님, 우리 체리는요? 강아지요. 요만한 작고 하얀 강아지인데."

"아! 잠깐만요. 기록 볼게요."

정확히 어디가 아픈지 한 곳을 콕 짚기는 어렵지만 여기저기 온몸이 욱신거렸다. 파란색 보호대 안에 왼쪽 손목부터 감겨 있는 하얀 붕대가 보인다. 주연이 손끝으로 살짝 두드려보니 딱딱하지는 않다.

반깁스인가?

윽, 살짝만 움직여도 머리가 조금씩 울렸다. 그때, 주연과 이야기하던 간호사가 돌아온다.

"환자분? 같이 있던 강아지, 서현사거리에 있는 병원으로 바로 보내졌다고 해요. 어머, 사고당하신 곳이 다행히도 동물병원 앞이었나 보네요."

그 말에 주연은 바로 이불을 걷고 침대에서 일어났다. 당장 체리를 보러 가야겠다는 생각만 드는 주연은 퇴원 수속을 밟고 처방받은 약만 들고 바로 응급실에서 나섰다.

택시를 타고 서현사거리에 도착한 주연은 횡단보도 바로 앞에 있는 사랑동물병원을 확인했다. 횡단보도 바닥에 교통사고 흔적을 가리키는 하얀 페인트 자국을 보였다. 그러자 하얗고 얇은 주연의 팔에 닭살이 돋았다. 손으로 얼른 팔을 문질렀다.

"별생각 없이 매일 다녔던 길인데."

동물병원 앞에 서 있는 주연은 황당해서 아무 생각도 나질 않았다. 응급실에서 정신없이 왔는데, 사랑동물병원에 꺼진 간판을 보니 택시에서 내내 참았던 눈물이 두 뺨 위로 떨어져 내렸다. 주연은 이대로 주저앉을 것 같아 간신히 다리에 힘을 준다.

"아니! 아휴, 어떻게 해."

더 이상 울음이 새어 나오는 것을 막을 수 없어 얼른 두 손을 올려 입을 틀어막았다.

"흐흐흑, 체리 봐야 하는데. 많이 다치지 않았어야 하는데. 어떻게 해야 하는 거야?"

이미 밤 열 시가 넘은 시간이었다. 유리창 밖으로 은은하게 빛이 새어 나오지만, 전화를 걸어도 진료 시간이 종료됐다는 말만 무심하게 흘러나왔다. 주연은 한참을 서서 울다가 동물병원 입구 계단에 털썩 앉아버렸다. 어차피 이대로는 집으로 돌아갈 수가 없다. 심각한 상태는 아닌지 체리의 상태를 정확히 알지 못하니 너무나도 속이 타들어 갔다. 머릿속에 수많은 생각이 스쳐 지나갔지만 최대한 나쁜 생각을 지우려고 노력했다. 그리고 주연은 혼자 되뇌었다.

"괜찮을 거야. 괜찮을 거야. 우리 체리."

"어?"

그때 누군가 문을 열고 나오는 인기척을 느낀 주연은 얼른 일어섰다. 곧, 동물병원 유리문이 열리더니 한 남자가 나왔다.

어? 수의사 선생님인가?

주연은 은색 테로 된 동그란 안경을 쓰고 흰색 셔츠와 진한 브라운색 바지를 입은 남자를 살짝 올려다봤다.

***

"안 되겠다. 아무래도 집에 좀 다녀와야지. 저 녀석이 오늘 잘 버텨줘야 할 텐데."

사랑동물병원 수의사, 세훈은 피곤해서 뻑뻑해진 눈을 커다란 두 손으로 비비다 말고 마른세수를 했다. 그늘 진 그의 어두운 표정이 심란한 마음을 대신했다. 그리고 책상 위에 올려두었던 휴대폰을 챙겨서 바지 뒷주머니에 넣는다. 작은 규모의 동네 동물병원이라 당직을 서게 되는 일이 잦지는 않다. 오늘은 아니었다. 그는 사고로 들어온 강아지의 상태가 좋지 않아, 10분채 걸리지 않은 오피스텔에 들를 생각이다. 적어도 옷은 갈아입어야 하기 때문이다.

그런데 병원 문을 열고 나오자마자 사람이 있어 세훈은 깜짝 놀랐다. 그의 앞에 서 있는 여자 때문에 흠칫 놀라 뒷걸음질까지 쳤다.

"어휴, 깜짝이야. 흠흠. 여기서 뭐 하는 겁니까? 병원 문은 한참 전에 닫았는데."

놀란 것 때문에 조금 민망해진 세훈은 아무렇지 않은 것처럼 다시 똑바로 섰다. 그리고 앞에 있는 여자를 봤다.

헐렁한 아이보리색 맨투맨 티셔츠, 연핑크색 트레이닝복 바지를 입은 여자가 힘없이 서 있었다. 도로의 가로등과 네온사인에 비친 하얀 얼굴이 더욱 창백해 보였다. 앉아 있을 때 내내 울고 있었는지 눈이 빨갛게 되어 있었다.

뭐야. 이 시간에 왜 여기에 있는 거야? 하필 병원 앞에. 고등학생 같기도 하고. 어떻게 저렇게 서 있을 수 있지? 바람에 그냥 휙 날아가 버릴 것 같은데. 어디 아픈 건가?

"이봐요? 괜찮습니까?"

11

주연은 세훈의 정중하면서도 낮고 부드러운 말 한마디에 꾹 눌러 참고 있었던 눈물이 터져버렸다. 그저 아무 의미 없이 건네는 말일 수 있었다.

하지만 하루 종일 지쳤고 긴장했던 주연을 단숨에 무너뜨려버렸다. 걱정 어린 그의 말투가 너무 따뜻하게 다가왔다. 그녀는 생각지도 못한 곳에서 낯선 사람에게 받은 온기에 감정이 복받쳤다.

두 손으로 얼굴을 감싸고 울고 있는 주연을 보고 세훈은 동공이 흔들렸다. 갑자기 자기 앞에서 우는 작은 여자 때문에 병원에 다시 들어가서 티슈를 가지고 나와야 하나 고민했다.

아, 이럴 땐 어떻게 해야 하는 거지? 아니, 여보세요. 왜 내 앞에서 우는 겁니까? 내가 뭘 잘못했다고. 아이고!

세훈이 당황해서 땀이 나는 손바닥을 비비면서 어쩔 줄 몰라하는 사이 주연이 말한다.

"체리, 체리가 오늘 여기로 왔다고 들어서 왔는데."

"체리? 아! 오늘이라면, 그 하얀 말티즈 말하는 건가요?"

그 말에 그렇지 않아도 주연의 큰 두 눈이 더욱 커졌다. 겨우 멈췄던 눈물이 다시 쏟아질 것 같은 얼굴로 세훈을 보고 있다.

"맞아요. 체리! 오늘, 이 앞에서 사고가 있었어요."

"아! 그 아이 이름이 체리였군요. 그래서 여기 이렇게."

세훈은 그제야 가느다란 주연의 팔에 하고 있는 깁스와 보호대가 보였다.

체리와 같이 사고를 당했나 보네.

"근데 여기 이렇게 돌아다녀도 괜찮으신 겁니까? 다치신 것 같은데."

"네, 전 괜찮아요. 우리 체리는 어때요? 체리를 봐야 하는데."

주연의 물음에 바로 대답하지 않고 세훈은 잠시 고민한다.

어떻게 말해야 조금이라도 덜 아플까? 하지만 어떻게 할 수
없는 상황임을 잘 알고 있다. 그래서 더 이상 생각하지 않고
말을 했다.

"많이 놀라실 거 알지만, 있는 그대로 말씀드리겠습니다. 상태
가 좋지 않습니다. 지금 계속 지켜보는 중입니다."

"네? 아니? 이게 갑자기 무슨 일인지. 체리가 많이 아파하나
요? 어떻게 해."

"음, 치료가 의미가 없어요. 지금 진통제로 겨우 버티고 있습
니다."

"아아."

주연은 생각했던 것보다 더 심각한 체리의 상태에 당황해서
할 말을 잃었다. 다쳤을 거라고 생각은 했지만 그 정도일 줄은
몰랐다. 체리를 지켜주지 못했다는 것 때문에 죄책감이 밀려오
기 시작했다. 주연은 두 손으로 머리를 감쌌다. 사고가 날 때,
체리를 안고 있었지만 차에 치이면서 정신을 잃었다. 그리고
체리를 놓친 것이다.

"다! 나 때문이야. 흑흑흑 내가 놓치지만 않았어도. 꼭 안고
있어야 했는데. 어떻게 해. 선생님! 제발 우리 체리 좀 살려주
세요. 제발."

세훈은 이런 상황을 많이 겪었지만 매번 힘들었다. 냉정함을
잃지 않아야 한다는 이성과 위로해 주고 싶은 감성 사이에서
고민이 되었고, 적당한 선은 어떤 걸까 시행착오를 겪는 중이

었다. 주연에게 위로의 말을 건네고 싶지만 의사의 입장에서 감정적인 태도로 보호자를 대하지 않는 게 좋겠다고 생각을 한다. 하지만 역시나, 모른 척할 수가 없다.

"보호자님 잘못이 아닙니다. 자책하지 마십시오. 그건 사고였어요."

"선생님. 체리를 지금 볼 수 있나요?"

"지금 약 기운에 체리는 겨우 잠들었어요."

주연은 세훈의 말에 아무 말 없이 고개를 떨어뜨리고, 눈물만 흘리고 있다.

"제가 잘 지켜볼게요. 좀 쉬고 내일 아침 일찍 오세요. 진짜 걱정하지 마시고. 제가 밤새 체리 곁에 있겠습니다."

주연은 체리가 너무 많이 다쳤다는 말에 어떻게 집까지 걸어온 건지 기억조차 나질 않았다. 집으로 오는 길에 충분히 울었다고 생각했다. 그런데도 현관에 들어와, 체리의 집을 보자마자 눈물이 또 쏟아져 버렸다. 체리의 초콜릿 색 아담한 집을, 체리의 보드라운 핑크색 담요를 끌어안고 소리 내어 울어버렸다.

그렇게 울다 지쳐서 주연은 자기도 모르는 사이 잠이 들었다.

[2021년 1월 22일 겨울 / 주연]

올 겨울, 꽤 추운 날이었다. 영하의 날씨에, 보도블록이 꽁꽁 얼어 길바닥이 번들거렸다. 무릎 밑으로 내려오는 검은색 롱패딩을 입고 모자까지 눌러쓴 주연은 길이 미끄러워 발을 종종거리면서 걷고 있다. 발목에 검은색 털이 달린 밤색 스웨이드 부츠를 신었는데도 그녀는 발끝이 추웠다.

이 추운 날 종각역에서 서영을 만나기 위해, 광화문역에서부터 걸어가는 중이었다.

"지하철이 답답해서 바람 좀 쐬려니 했더니 완전 칼바람이네. 으, 추워."

주연은 엄청난 추위에 패딩 점퍼 주머니 밖으로 손을 꺼내지 못하고 잔뜩 움츠렸다. 날카로운 바람을 얼굴에 그대로 맞지 않기 위해 고개를 숙이고 걷고 있었다. 곧 종각역에 약속 시간에 맞춰서 도착했지만 서영은 아직이었다.

"어휴, 추워! 어디라도 들어가야지. 이러다 온몸이 얼어버리겠어."

주변을 둘러보던 주연은 한곳에 시선이 멈췄다. 김이 잔뜩 서려 있는 유리창에 딱 붙어 있는 뭔가가 보였다. 저게 뭘까 싶은 주연은 유리창 가까이에 가서 자세히 안을 들여다봤다.

"강아지네?"

작고 하얀 강아지 한 마리가 유리창에 코를 박고 바깥 구경을 하고 있었다. 긴 시간을 그러고 있었는지 유독 그 강아지 앞에는 김이 서려 있지 않았다. 주연이 살짝 고개를 들고 위를 올려다보니 이곳의 간판이 보였다.

[따뜻한 동물병원]

고개를 돌려 다른 곳으로 이동해볼까 했지만 자꾸만 유리창 너머에 있는 꼬마가 신경이 쓰였다.

차가울까 걱정은 되면서도 더 자세히 보고 싶은 주연은 유리창을 손으로 쓰윽하고 닦아 보았다. 축축한 물기가 그녀의 손을 적셨다.

"앗. 차가워!"

주연은 강아지를 보면서 손에 묻은 물기를 패딩 점퍼에 얼른 닦아버렸다.

"와. 안녕? 이름이 뭐니? 어쩜 눈망울이 반짝반짝 빛이 나지?"

초롱초롱하면서도 순한 눈망울을 한 하얀 말티즈에게서 눈을 뗄 수가 없다. 눈빛으로 그녀에게 뭔가를 말하고 있다는 착각까지 들었다.

"뭐야? 너! 나한테 최면이라도 거는 거야?"

저절로 그녀의 입이 벌어졌다. 멍하니 바라보다가 점점 미소를 지었다.

"너, 너무 귀엽다."

홀린 듯 그 자리에서 바로 동물병원에 들어가 주연은 그 귀여운 강아지를 분양받았다. 그렇게 주연에게 새로운 가족이 생겼다. 한 번도 강아지를 키워 본 적이 없는데 그녀는 운명적으로 체리를 만나게 되었다.

[다시 현재 / 2021년 9월 가을]

분명 잠은 잤지만 주연은 밤새 꿈을 꾸었다. 체리를 처음 만났던 그날, 그 겨울날의 꿈을. 밤마다 자려고 누우면 그녀에게 포르르 달려와서 이불 속에 파고드는 체리, 한참 이불 속에서 장난을 치다가 이내 주연의 머리맡에서 잠을 청하던 체리. 보드라운 체리의 하얀 털의 감촉이 꿈에서조차 생생해서 가슴이 아렸다.

피곤해서 얼굴이 푸석했지만 주연은 아침에 눈을 뜨자마자 병원으로 달려갔다. 병원 문을 열려고 손을 내미는 순간 문이 저절로 열렸다. 주연을 마치 기다렸던 것처럼. 흰색 가운을 입은 세훈이었다. 밤 동안 병원에 있었던 세훈 역시, 주연처럼 얼굴이 까칠했다.

밝은 곳에서 다시 만난 세훈의 얼굴에서 까슬까슬한 턱수염이 보였다. 충혈된 그의 눈을 보니 그녀에게 했던 약속처럼 체리의 곁을 잘 지켜주었단 생각에 고마운 마음이 들었다.

"오셨습니까?"

세훈이 인사를 건넸다. 주연의 눈에 그의 흰 가운에 있는 명찰이 보였다.

정세훈.

앗!

갑자기 뭔가가 떠오르는 듯 당황한 눈빛의 주연은 병원을 두리번거렸다. 정면 벽면에 걸린 오크색 벽시계를 발견하고 시간을 확인했다. 시계의 짧은 바늘이 숫자 7을 가리키고 있다.

"허! 아! 죄송합니다. 선생님! 제가 아침에 정신없이 나오다 보니 시간이 이렇게 이른 줄도 모르고."

"아닙니다. 일찍 오시리라 생각했습니다. 그보다, 이쪽으로."

그가 짙은 그레이색 천으로 된 3인용 소파를 한 손으로 가리켰다.

"잠깐만, 병원 좀 봐주시겠어요? 5분이면 됩니다. 일요일이라서 저밖에 없어서."

"아, 네. 네!"

주연이 소파에 앉고 세훈이 밖으로 나간 지 얼마 되지 않아 그는 병원 현관문을 열고 들어왔다. 잠깐 사이에 그의 손에는 보라색으로 글자가 적힌 연갈색의 종이봉투가 들려 있다. 달콤 베이커리.

익숙한 봉투를 보고 주연은 잠시 속으로 반색하지만 그렇다고 따로 내색하지는 않았다.

우리 베이커리네? 아! 맞다. 이 근처에 서현 지점이 있었지?

"아침 같이 드시겠어요? 계속 아무것도 못 드셨을 것 같아 서."

그가 봉투 안에 있던 샌드위치와 우유를 꺼내 유리 테이블 위에 올려두었다.

"괜찮은데. 배 안 고파요."

"자요! 잘 드셔야 잘 버틸 수 있어요."

그렇게 말하면서 세훈이 샌드위치를 들더니 포장지를 살짝 벗겨 주연에게 내밀었다.

"감사해요."

미안하게 왜 이렇게까지? 주연은 의아했지만 곧 수긍할 것도 같았다. 그의 모습이 어색하지 않고 서툴지도 않아 보였다. 주연은 세훈이 누군가를 챙기는 일이 익숙한 사람은 아닐까 하는 생각이 들었다.

입안이 까칠하고 아무것도 먹고 싶지 않았지만 그래도 샌드위치를 두 손으로 잡고 한입 베어 물었다. 익숙한 맛이 입 안에 감돌았다. 주연이 좋아하는 크랜베리 참치 샌드위치였다.

사랑동물병원 유리창으로 비추는 햇볕의 색이 변하기 시작했다. 주홍색의 노을빛이 서서히 스며들다 차츰 어두워지기 시작했다. 아침 일찍 병원에 온 주연은 체리의 옆에서 시간을 보냈다. 체리는 주연이 생각했던 것보다도 더 힘들어 보였다. 그런 모습을 지켜보는 것만으로도 그녀는 고통스러웠다. 먹지도 못하고, 수액만 맞고 진통제로 버티고 있다. 힘없이 늘어져서 눈만 껌뻑껌뻑 뜨고, 끙끙 앓는 신음을 내고. 옆으로 누워 있는 체리의 눈에서 눈물이 흘러내렸다. 주연은 체리의 눈물을 손가락으로 살짝 닦아주면서 머리를 쓰다듬어 주었다.

"체리야, 내가 뭘 어떻게 해줘야 할까?"

세훈이 미리 알려주지 않았다면 체리 앞에서 그저 펑펑 울기만 할 뻔했다. 주연은 그가 말해준대로 체리의 옆에서 많은 이야기를 해주었다.

"체리야, 우리 처음 만났던 거 기억나? 엄청 추웠는데. 그때 나 엄청 머리끝부터 발끝까지 완전히 무장했었는데도 발을 동동 구르면서 서 있었잖아. 서영이 그 녀석이 늦어서! 그 덕에 널 만날 수 있었지만.

너, 혹시 그때 무슨 마음이었어? 나, 오는 거 알고 있었던 것처럼 어쩜 그렇게 나를 보고 있었어?"

주연은 슬픈 표정은 보이지 않고 체리에게 나직하게 좋았던 일들을 속삭여줬다. 행복했던 체리와의 기억, 무섭지 않도록 힘낼 수 있도록 안심시켜 주는 말들을 해주었다. 체리 앞에서 울지 않기 위해 수십 번의 심호흡을 하면서.

"체리 보호자님?"

19

체리 옆에 앉아 있던 주연은 세훈이 부르는 소리에 자리에서 일어섰다. 그가 이끄는 대로 상담실로 들어갔다.

"지금, 체리는."

주연의 표정을 보니, 세훈은 차마 입이 떨어지질 않았다. 항상 하고 싶지 않은 말이다.

"죄송합니다. 이런 말을 하게 되어서. 흠흠, 체리가 많이 힘들어 해요. 이제 진통제로 버틸 수 있는 한계가."

"결정, 제가 결정해야 하는 거죠? 그냥 보고 있는데도 체리가 너무 아픈 걸 알겠어요. 휴."

주연은 세훈이 무슨 말을 하기 위해 망설이는지 충분히 짐작했다. 시간이 많이 남아있지는 않다고 생각했었는데 이별의 시간이 너무 빨리 다가왔다. 그녀는 결정해야 하는 지금 이 순간이 너무 겁이 났다. 하지만 더 두려운 건, 가장 힘든 건 지금껏 보지 못했던 낯선 체리의 슬픈 눈을 보는 것이었다.

체리는 결국, 무지개다리를 건넜다. 그렇게 주연은 다시, 혼자가 되었다.

[한 달 후]

주연은 체리를 보내고 난 직후의 일들이 모두 통째로 기억에서 사라져 버렸다. 그때, 할 수 있는 일은 우는 것으로 슬픔을 토해낼 뿐이었다. 한 달이 지난 지금, 이제 조금씩 사고 난 이후부터 체리의 장례까지의 일들이 차츰 기억나기 시작했다.

세훈, 그가 주연의 옆에 있어 주었다. 체리의 장례를 치르고, 납골당에 안치하기까지 그가 그녀를 대신해 모든 절차를 알아

봐주고 처리해주었다.

 주연은 경황이 없어 수의사 선생님 세훈에게 감사의 인사를 전하지 못했던 것이 뒤늦게 기억이 났다. 체리와 마지막을 함께 할 수 있도록 배려해 주었고 힘든 순간에 그녀에게 큰 힘이 되어 주었다. 그에게 고마운 마음이 컸다.

 주연은 고등학교 2학년 이후로 모든 일들을 혼자 해야 했다. 홀로 키워주시던 할머니가 돌아가신 이후로. 그녀가 부모님의 얼굴조차 명확하게 기억하지 못할 때, 두 분 다 사고로 돌아가셨다. 너무 어린 나이여서 주연은 죽는 게 뭔지, 슬픈지도 몰랐다. 그저 자기를 보는 사람들의 얼굴이 너무 슬퍼 보였고, 할머니가 너무 울어서 그래서 같이 울 뿐이었다. 부모님을 다시 못 보는 걸 알고 슬퍼서 울었을 수도 있지만 기억이 희미해졌다.
 할머니의 부족함 없는 온전한 사랑으로 자라왔지만 내면 깊숙이 이런 마음이 내재되어 있었던 건지. 주연은 혼자서 뭐든 하려고 노력했고, 그 누구에게도 기대려 하지 않았다. 할머니에게조차도.
 속으로 혼자 아파했고 그렇게 극복했다.

 그랬던 주연은 자신이 왜 처음 만난 수의사 선생님, 세훈 앞에서 그렇게 무너졌던 건지 잘 모르겠다. 낯설었다. 이 모든 것들이. 누구에게도 기대지 않고 살아왔다고 생각했는데. 그에게 약한 모습만 보였다.

 하지만 아직, 주연은 세훈을 만나러 가지 못하겠다. 그를 마주하면, 그리고 그를 만나러 가기 위해 사랑동물병원에 가면 체리가 생각날 것 같아서였다. 체리를 보내던 그날의 기억이 떠오를 것 같아서. 체리를 앗아간 사고가 생각날 것 같아서.

한 달 내내 주연은 사랑동물병원 앞을 지나가지 못했다. 멀더라도 다른 길로 돌아갔다. 아직 조금 더 체리의 죽음을 직면할 시간이 필요했다. 그때가 되면 세훈을 한 번 정도는 꼭 찾아가겠다고 주연은 생각했다.

진료실 책상 위에는 체리의 차트가 펼쳐져 있다. 등받이가 있는 회전의자에 기대어 앉은 채 세훈은 뒤를 돌아 유리창을 봤다. 밖은 벌써 어두워졌다. 그는 시간이 가는 줄도 모르고 한참 동안 그 자리에 앉아 있었다.
라이트를 켠 차들이 지나가자 유리창을 통해 그림자가 들어온다. 진료실 한쪽 벽면에 남겼던 그림자 자국은 이내 사라진다. 세훈의 눈은 분명 그것을 보고 있지만 다른 생각이 여전히 머릿속에 가득했다.
이주연.
그는 계속 이주연이란 이름이 눈에 밟혔다. 왜 계속 신경이 쓰이는 건지도 모르겠고 전혀 알지도 못하는 여자를 자꾸 생각하는 자신이 이상하게 느껴졌다. 꽤 오랜 시간 같이 일한 박 간호사도 왜 이렇게까지 하냐고 의아하다는 반응이었다. 세훈이 평소 정이 많은 사람이지만 그래도 선은 긋는데, 이러는 거 처음 본다고 말이다.
"허. 왜 이러는 거냐? 얼빠진 놈 같이. 내가 생각해도 내가 어이가 없단 말이지."
진료실에서 나와 퇴근하기 위해 병원 현관문을 열던 세훈은 순간 멈춰버렸다. 그날 생각이 떠올랐다. 어두운 길가에 앉아 있다가 일어서서 그를 바라보던 주연의 얼굴을 잊을 수가 없었다. 크고 동그란 눈에서 흘러내리던 그녀의 눈물이 생각이 났다.

윽. 또 왜 이러냐? 나와 상관없는 사람 때문에. 사람 참, 안쓰럽게.

그 기억이 세훈에게 꽤나 날카로운 기억으로 남아 있었다. 주연의 슬픔이 그를 아프게 했다. 혼잣말하면서 이성적으로 판단해보기 위해 수없이 많은 질문을 스스로에게 던져본다.

다시 그 순간이 온다면?

역시. 답이 달라질 것 같지 않다고 세훈은 생각한다. 혼자 둘수가 없었다는 게 가장 큰 이유였다. 아무것도 하지 못하는 그 여자 옆에 누군가가 있어줘야 할 것 같았다.

세훈은 주연과 같이 체리의 장례식이 끝나고 나란히 서서, 체리의 납골함을 바라봤을 때 생각이 났다. 우느라 들썩거리는 주연의 어깨를 감싸 안고 토닥여주고 싶었다. 하지만 차마 그렇게 하지는 못하고 들어 올린 손을 힘없이 내렸다. 위로해 주고 싶은 마음을 겨우 억눌렀다. 같이 있어주는 것으로 대신했었다.

주연의 옆에 그저 같이 서 있어 주었다. 있지만 없는 사람처럼 묵묵하게. 그의 눈에 체리의 작은 납골함 옆에 있는 사진들이 보였다. 주연과 체리의 사진들이었다.

어?

사진 한 장에 그의 시선이 멈췄다. 그리고 뭔가를 생각하는 듯 한참을 바라보았다. 세훈의 입가에 쓸쓸한 미소가 스쳐 지나갔다.

파스텔블루의 바람막이 점퍼를 입은 주연이 품에 체리를 안고 찍은 사진이었다. 그녀가 끊어진 개 목줄을 높이 들고 환하게 웃고 있었다.

"한 달쯤 지났나? 조금은 괜찮아졌으려나?"

그는 혹시나 병원 앞을 주연이 지나가지는 않을까 싶어 괜히 병원 밖을 내다보기도 했었다. 하지만 세훈은 조급하지 않았다.
지금 마주치지 않아도 상관없다고 생각했다. 왠지 그는 주연을 다시 만날 것 같은 예감이 들었다.

[2021년 11월 6일, 서영의 결혼식장]

흰색의 붙박이장에서 옷을 고르던 주연은 한숨을 쉬고 침대 위에 걸터앉았다. 결혼식에 가기 위해 최대한 단정한 원피스를 고르고 있지만 사실 내키지 않다. 다른 결혼식이었다면 축의만 했을 건데 오늘은 가지 않을 수가 없다.
결혼식에 가서 아무렇지 않게 웃으면서 사진을 찍고 친구들하고 수다를 떨 자신이 없다. 하지만 서영의 결혼식이니 빠질 수가 없다. 주연은 괜히 손에 쥔 청첩장은 접었다 펼쳤다 반복했다. 청첩장을 침대 위에 올려두고 옷장 안에서 검정색 셔츠 원피스를 꺼내서 입는다. 무늬가 없는 심플한 미니 연핑크색 크로스백에 휴대폰과 지갑, 립밤을 넣었다. 그리고 비쥬호텔로 향한다.

"와. 내 친구 정말 예쁘다."
주연은 혼잣말을 했다. 그녀는 신부대기실에 들어가지 않고 입구에서 서영의 모습을 지켜보고 있다. 키가 크고 이목구비가 시원시원한 서영은 어깨가 훤히 드러나 보이는 머메이드 드레스를 입고 환하게 웃고 있다. 행복한 친구를 보니, 그래도 오랜만에 주연은 미소 지을 수 있었다.

 결혼식 시작 시간에 맞춰 늦게 도착했다. 좋은 일을 앞둔 친구에게 굳이 나쁜 일을 알리고 싶지 않았던 주연은 서영에게 체리의 일을 이야기하지 않았다. 눈치가 빠른 서영이라면 분명 그녀의 안색을 보고 눈치챌 것 같았다. 그래서 주연은 애초에 서영과 만나는 시간을 피해버렸다. 서영이가 무슨 일 있어? 하고 물어본다면 주연은 거짓말도 못하고 친구 앞에서 울어버릴 것 같았다.
 식장으로 들어서는 서영과 눈이 마주치자, 주연은 손을 흔들면서 서영에게 소리 없이 입모양을 크게 내어 말을 했다.
 "결혼, 축하해."
 그러자 서영 역시, 웃으면서 주연에게 말했다.
 "고마워."

 "자, 이제 신랑 신부 친구분들! 앞으로 나오세요."
 사회자의 말을 듣고 사람들이 움직이기 시작했다. 주연도 메고 있던 핸드백을 의자에 올려두고 앞으로 향한다. 사진기사의 손짓에 따라 줄을 맞추던 사람들 틈에서 주연 역시 조금씩 움직이면서 간격을 맞추기 시작했다. 신부 서영의 뒤에 서 있던 주연은 오른쪽을 돌아보다 잠시 멈칫했다. 순간 비슷하게 생긴 사람인가 싶어 그녀는 다시 그쪽을 돌아봤다.
 어? 수의사 선생님 맞다! 오늘은 가운 대신 슈트네?
 주연과 눈이 마주친 세훈은 첫눈에 보고 그녀를 바로 알아보

앉다. 체리의 보호자, 이주연 씨. 그녀의 모습을 보고는 처음에 착각했던 것처럼 고등학생이라고는 전혀 생각할 수가 없었다. 옅은 화장을 하고 흰 피부가 돋보이는 코랄색 립스틱을 바른 주연은 여성스러우면서도 예뻐 보였다.

허. 맞았어. 이주연씨다. 그때랑 느낌이 달라 보이는데?

세훈은 단발머리를 반만 묶은 주연을 넋을 잃고 바라보다,

"자, 모두 웃어보세요." 하는 사진기사의 말에 황급히 고개를 돌리고 정면을 바라보았다.

그는 저절로 입꼬리가 올라갔다. 자신의 예감이 맞았다. 다시 그녀를 만날 줄 알았다. 그게 여기일 줄은 몰랐지만 다시 주연을 만났다는 게 세훈은 너무 기뻤다.

사진을 찍자마자 주연은 빠른 걸음으로 식장을 나가 호텔 정문으로 향했다. 처음부터 서영에게 얼굴만 비치고 갈 생각이었기 때문이다. 호텔 유리문을 열고 밖으로 나가자, 귀를 울렸던 소음이 잦아들고 주변이 조용해졌다. 주연은 그제야 걸음의 속도를 줄이면서 숨을 크게 들이마셨다.

휴! 이제 좀 살겠다. 근데 참, 세상 좁다. 수의사 선생님을 여기서 볼 줄 몰랐는데.

"이주연 씨?"

누군가 주연을 부르는 소리에 그녀는 뒤를 돌아보았다.

"아!"

"안녕하셨어요?"

갑자기 크고도 톤이 다소 올라간 세훈의 목소리에 주연이 피식 웃음을 흘렸다. 세훈은 본인 목소리에 당황해서 귀까지 빨갛게 물들었다. 어색하지 않게 보이려고 신경을 쓰다가 오히려 더 어색해졌다.

그러자 주연은 더 웃으면 그가 민망해할 것 같아 서둘러 다음 말을 했다.

"흠흠, 수의사 선생님 맞으시죠?"

주연은 그가 뒤따라 나와서 당황했지만 마침 잘됐다 싶었다. 이제야 제대로 된 인사를 건넬 수 있을 것 같아서. 결혼식장에서 사진을 찍고 나면 그와 이야기를 나눴어야 했지만 주연은 답답한 그 공간이 싫었다. 빨리 밖으로 벗어나고 싶었다.

"네. 맞습니다."

"여긴 어떻게? 아! 저는 신부 친구예요. 서영이랑 초딩 때부터 친구라."

"저는 신랑 친구입니다. 고등학교 동창."

그때 청량한 바람이 마주보고 이야기하는 둘 사이로 훑고 지나간다. 그러자 주연은 서둘러 작은 그녀의 핸드백으로 팔랑거리는 원피스 치맛자락을 살포시 눌렀다. 세훈의 열린 재킷 사이로 그의 연보라색 넥타이 끝도 흔들렸다.

"아, 근데 선생님! 정말, 죄송합니다. 인사가 늦었어요. 그때는 큰 도움 주셔서 정말 감사했어요."

"아닙니다. 마음 가는대로 했을 뿐입니다."

"네?"

"오늘! 오길 잘했다는 생각이 듭니다. 친구 녀석이 먼저 장가 갈 줄 몰랐거든요."

"아아."

뭐야. 선생님 은근 엉뚱하시네. 뭐라고 대답해야 하는 거지? 그냥 고맙다고 인사했으니까 이제 갈까?

고민하는 주연을 아랑곳하지 않고 그는 자기가 하고 싶은 말을 계속 이어 나갔다.

"얼굴이 한결 나아 보여서 참 다행입니다. 팔도 그렇고."

"아! 깁스요? 인대가 살짝 놀란 정도여서 금방 풀었어요."

"그렇군요. 그것도 다행입니다. 혹시, 커피 한잔 어떠세요? 여기가 뷰 맛집이라고 합니다. 날씨도 좋고."

주연이 세훈을 바라보았다.

커피? 그런데 그와 차 한 잔 정도는 마셔도 될 것 같다고 주연은 생각했다. 분명 낯선 사이인데 같이 커피를 마시는 모습을 상상해봐도 그 장면이 불편하지 않다. 그가 불편하지 않다.

"네. 그렇게 하세요. 대신 제가 꼭 사게 해주셔야 해요?"

"허허허! 네! 그렇게 하시죠. 그럼 이쪽으로."

세훈은 뷰 맛집이라느니 날씨가 좋다느니 핑계를 댔는데 그녀가 거절하지 않아 다행이라고 티 나지 않게 속으로 안심했다.

주연은 그를 따라 비쥬호텔 라운지 카페로 들어왔다. 천장이 높고 바깥이 다 보이도록 큰 통유리창이 있어 답답하게 느껴지지는 않았다. 더 이상 실내에 있고 싶지 않았는데 주연은 다행이라고 생각했다. 많은 테이블 중에서 세훈은 유리창 바로 앞에 있는 자리에 가서 손짓했다. 그 모습에 그녀는 갑자기 웃음이 나왔다.

"풋! 설마? 나란히 앉는 거야? 이건, 좀. 하긴. 그래도 2인용 소파가 아니라 다행인건가? 히힛."

세훈이 안내한 테이블은 마주보지 않고 나란히 앉아 유리창밖을 보면 차를 마시는 자리였다. 카페에 흘러나오는 피아노 소리에 묻혀 무슨 말 하는지 주연의 말은 듣지 못했지만 그녀의 웃음소리가 들리자, 세훈은 슬쩍 그녀를 돌아봤다.

와. 웃는 모습이!

커다랗던 눈이 보이지 않도록 눈웃음을 지으면서 웃고 있는 그녀를 보자 자기도 모르게 세훈도 살짝 광대가 올라가면서 저

절로 미소가 지어졌다. 처음이었다. 눈물만 흘리던 주연의 활
짝 웃는 모습. 너무 눈부셔 보였다.

아!

얼른 정신을 차리고 세훈은 주연이 앉을 의자를 꺼내 주었다.

"앗, 죄송해요. 선생님. 웃어서. 나란히 앉아서 차 마실 생각
을 하니까 좀 이 상황이 재밌어서."

"하하하. 일단 앉아서 밖을 보시겠어요? 제가 여길 선택한 이
유가 있죠."

주연은 세훈의 말에 일단 자리에 앉아본다.

"어? 오호. 저게 뭐죠? 저, 처음 봤어요. 마치 춤추고 있는 것
같아요. 자연이 만들어 내는 색감이 정말 예술이네요."

주연은 단숨에 창밖으로 보이는 풍경에 반해버렸다. 유리창이
하나의 수채화를 그려 둔 액자같이 보였다. 야외 정원 전체는
팜파스가 펼쳐져 있고 수많은 팜파스가 만들어내는 은백색, 연
둣빛 물결이 자유롭게 넘실거리고 있었다. 가을 하늘은 구름
한 점 없고 한없이 높고 푸르렀다.

"팜파스라고 합니다."

주연이 입을 다물지 못하고 바깥 풍경에 푹 빠져 있는 사이,
어느새 세훈은 그녀의 옆자리에 앉았다. 그리고 카페 입구에서
주문했던 따뜻한 아메리카노, 카페라테가 테이블 위에 놓여 있
다.

세훈이 검은색 줄무늬가 그려진 커피 잔의 손잡이를 엄지와
검지 끝으로 만지작거리며 혼잣말처럼 말을 시작했다.

"음, 이게 위로가 될지는 모르겠지만, 누군가를 잃고 시간이
흐르면 아픈 것보다는 그리움이 더 커지는 것 같습니다.

허허. 무슨 말인가 싶으시죠? 그게, 작년에 할머니가 돌아가셨습니다. 분명, 생각만 해도 괴로웠는데 시간이 지나니까 할머니와 좋았던 일들이 점점 더 생각이 납니다. 추억이 남아 있어 다행이라는 생각이 들었습니다.

저는 주연씨도 언젠가는 그런 날이 오기를 바랍니다."

어딘지 모를 유리창 밖, 먼 곳을 보면서 담담하게 그는 말했다. 독백처럼 늘어놓는 말들이 주연은 자신을 쓰다듬어 주고 있다는 착각이 들었다. 얼어붙었던 손끝이 녹아내리는 것처럼 간질 거렸지만 마음이 따뜻해지는 것 같았다. 주연은 마시지 못하고 들고만 있던 커피잔을 내려놓았다.

"고맙습니다. 그때도, 지금도 절 위로해주시네요. 저는 사실 체리와 가족이 된 지 1년도 안 됐어요. 근데 체리의 빈자리가 너무 큰 것 같아요. 혼자가 아니었다가 다시 혼자가 되니 그게 더 아프네요."

"그런 말을 들으니, 제가 그곳에 있어서 다행이었다는 생각이 듭니다."

세훈의 말에 주연은 옆을 돌아보지 못하고 유리창에 비친 그의 얼굴을 슬쩍 보았다. 그 역시, 그녀의 시선을 느꼈지만 돌아보지 않는다. 대신 주연이 무슨 이야기를 하는지 알았다는 듯 고개를 끄덕이면서 멀리 흔들리고 있는 팜파스를 바라보았다.

[주연]

수의사 선생님! 이 남자는 대체 어떤 사람일까? 처음 본 나를 도와주고, 이렇게 따뜻하게 위로를 건네는 이 남자는…… 누구에게나 친절한 사람이어서 그런 걸까? 정말 좋은 사람 같아.

그때도 그렇게까지 해주기 쉽지 않을 것 같은데 다시 만나서도 또. 체리 보낼 때 혼자였다면 온전히 슬퍼할 여유조차 없었을 텐데 그 사람 덕분에 충분히 울었던 것 같아. 체리와 이별하는 일에만 신경 쓸 수 있었지.

이제 조금 궁금해졌어. 그는 어떤 사람일까? 어떻게 같이 있기만 해도 따뜻한 마음이 전해지는 것 같지? 엉뚱한 것도 같기도 하고.

체리야. 혹시 네가 만나게 해준 거니? 언니 혼자 두기 싫어서?

[세훈]

　정말 다시 만나는 거 보면 내 예감이 맞았다. 우연이 겹치면 인연이라던데 그런 게 이런 걸 말하는 건가 싶다. 억지로 꿰맞추는 건가? 암튼 그래도 다시 보니까 좋다.

　나는, 주연 씨가 그냥 걱정되어서 생각나는 줄 알았다. 그런데 오늘 보니까 그게 아니었다. 어이없게도 내가 언제부터 좋아하게 된 건지. 허허허.

　그리고 오늘, 웃으니까 더 예쁜 것 같다.

[에필로그]

2021년 8월 8일, 서현공원 / 사고 한 달 전

주연은 공원에 들어서자마자 후회가 서서히 밀려오기 시작했다. 저녁 7시가 넘으면 괜찮겠지 싶었지만 단단히 착각했다 싶었다. 해가 지기 시작했지만 공기는 더디게 온도를 낮추는 듯 전혀 선선해질 줄 몰랐고 저절로 주룩주룩 땀이 흐르는 날씨였다. 여전히 한여름의 열기와 귀를 쟁쟁하게 울리는 매미 소리가 공원을 가득 메우고 있었다.

"체리야, 천천히 가자. 언니 힘들어. 체리야! 체리야? 플리즈."

체리의 일주일만의 외출이었다. 주연은 일하는 날에는 체리를 산책시켜 줄 수가 없어, 오늘은 쉬는 날이라 서현공원에 나왔다. 엄청나게 높은 습도와 더위를 무릅쓰고 호기롭게 나왔지만 체리의 에너지를 감당하지 못해 그녀는 쩔쩔매고 있다. 조그마한 체리는 그야말로 고삐 풀린 망아지처럼 질주 본능이 발휘되는지 마구 달리려고 한다. 처음부터 줄을 짧게 잡지 못했던 체리의 목줄은 이미 최대한으로 길게 늘어져 있다. 팽팽하게 줄을 당기면 체리가 아플 것 같아 주연은 줄을 당기지 못하고 열심히 쫓아가고 있었다. 조금씩 간격을 좁혀서 체리를 끌어안아 진정시킬 생각이었다.
다행히, 더운 날씨 덕분에 트랙에 사람들이 많지는 않았다.

순간, 체리의 목줄이 드드득 실밥이 터지기 시작하자 주연은 설마 끊어지겠어? 말도 안 되지? 하는 생각으로 멈춘 자세 그대로 목줄을 쳐다보고 있었다.

그때, '핑'소리를 내면서 끊어진 목줄은 각자 다른 방향으로 튕겨 나간다.

"어어어어어, 체리야. 안 돼! 멈춰. 언니가 갈게. 기다려. 체리! 기다려! 어떻게."

안된다고 단호한 어투로도, 애절하게도 체리를 불러보지만 주연의 부름은 무색하게 체리는 계속 질주한다. 어이없는 상황에 자기도 모르게 입이 떡 벌어져 멍하니 서 있던 주연은 얼른 정신을 차려본다. 하지만 이미 거리가 벌어져 체리를 붙잡을 수가 없다.

"헉헉헉, 체리야. 어? 체리야? 어디로."
체리가 트랙을 달리다 한 남자에게 달려가 쏙 안겼다. 검은색 캡 모자를 눌러쓰고, 검은색 티셔츠와 베이지색 긴 조거 팬츠를 입은 남자는 별로 당황한 것 같이 보이지 않아 주연은 조금은 안심이 되었다.

"뭐, 뭐지? 체리야. 지금. 무슨?"

"헉! 너, 사람 볼 줄 아는구나? 어떻게 나한테 달려왔어? 녀석, 똑똑한데?"
체리를 안고 있던 세훈은 반대쪽에서 숨을 헉헉대면서 무거운 다리를 이끌고 간신히 걸어오는 주연을 쳐다봤다. 파스텔블루의 얇은 바람막이 점퍼와 같은 색 짧은 반바지를 입고 한 손에는 끊어진 목줄을 들고 있는 여자를 보자 상황 파악이 됐다는 듯 그는 고개를 끄덕였다.

"허허허, 신나서 줄까지 끊은 거야? 힘도 센 녀석이구나?"

모르는 강아지가 갑자기 달려들면 당황할 법도 한데 전혀 그런 기색이 없이 세훈은 체리가 귀엽다는 듯 머리를 쓰다듬어 주고 있다. 다정한 눈빛으로 웃어 보이는 남자를 보고 주연은 안도의 한숨을 얕게 내뱉는다.

그녀는 기분이 좋은지 그 남자의 손을 마구 핥고 있는 체리를 보니 황당해서 헛웃음이 흘러나왔다.

아이, 체리야. 이게 뭐야. 무슨 민폐니. 아휴, 내가 창피해서.

"자! 이제 가볼까? 다음에는 속도를 좀 맞춰주기다?"

세훈이 체리의 등을 한 번 더 쓰다듬으며 주연에게 안겨준다.

"아. 감사합니다. 큰일 날 뻔했어요. 줄이 끊어지는 바람에. 감사합니다."

"꼭 안고 가셔야겠어요."

"아, 네. 고맙습니다."

주연은 민망해서 얼른 뒤를 돌아서 반대 방향으로 걷기 시작했다.

"아! 맞다! 언니한테 혼나야겠어. 체리 너, 그러기야? 모르는 사람한테 함부로 가면 안 되지. 언제 달리기는 그렇게 빨라져서 언니가 쫓아갈 수도 없게 말이야. 언니가 보니까, 너, 그 남자 잘생겼다고 가서 냉큼 안긴 거 아냐?

큭. 이런. 제대로 운동했다. 으이구."

세훈은 귀에 콕 박히는 소리 때문에 멈칫하고 뒤를 돌아봤다. 총총 걸어가면서 쫑알쫑알 강아지한테 말을 하는 주연의 목소리가 그에게까지 들려왔다. 장난기 어리면서 까랑까랑한 그녀의 목소리를 듣고 어느새 그가 싱긋 웃고 있다.

쓰고 있던 모자를 벗어 자신의 머리카락을 의미 없이 뒤로 쓱쓱 넘기던 세훈은 나지막하게 혼자 속삭인다. 그의 눈가, 입가에 미소는 여전했다.

"둘이 똑 닮았네? 귀엽다. 둘 다."

신 운수좋은날

이은주

이은주

제주에서 나고 제주에서 자랐다.

대학에서 국문학을 전공하였으나 글쓰기는 취미 정도로만 생각
하던 차, 좋은 기회에 소설을 쓰게 되었다.
제주에 대한 자긍심이 아주 강하고 언젠가는 제주에 대한 이야
기도 써보려 한다.
제주 역사의 아픔이나 슬픔도 있겠지만 그보다 제주가 주는 힐
링과 환상에 초점을 둔 작품을 써보고 싶다.

그녀에게도 다른 이들처럼 화려했던 젊은 날은 있었다. 하지만 이제는 다 지나간 일이 아닌가. 누군가는 그것들을 추억으로 미화하지만, 다시 돌이킬 수 없는 것은 분명했다.

나이 40. 즉, 불혹이 된 지금 그녀의 얼굴에도 세월의 주름이 지고 그 주름이 그녀의 인상으로 잡혀가고 있었다.

그런 그녀가 언제부터 남들과 다른 길에 서 있었던 것일까?

주변에 그녀와 비슷한 나이의 여자들은 가정을 이루고, 아이를 낳고, 속으로는 어떨지 모르지만 겉으로는 알콩달콩 살고 있지 않은가.

그렇다고 이제 와서 누군가를 새로 만나 팔자를 고칠 생각은 없었다.

오히려 그녀의 지금 현 상황을 해결해 줄 수 있는 건 돈이 아닐까 하는 생각에 매주 몇 천 원씩 복권을 사 자신의 작은 운에 투자하고 있었다.

하지만 복권은 매번 그녀에게 또 다른 좌절을 안겨주곤 했다.

아니 지난번에는 1등이 50명이나 나왔다는데, 그것도 수동으로 쓴 사람이 40여 명도 더 넘었다는데, 남들은 그렇게 잘도 당첨되는 복권이 왜! 하긴 사실 우리나라 로또복권이 다른 나라에 비해 당첨자가 많이 나오는 건 그만큼 이 복권에 기대를 걸고 사는 사람이 많다는 증거일 것이다.

속절없이 또 몇 해가 지나고 그녀의 나이는 이제 47이 되었다.

직장을 잡을 기회도 점차 멀어져 가고 이대로 주저앉을 것인지 아니면 진짜 창업이라도 해야 할지 기로에 서 있던 차였다. 그런데 그날은 이상하리만큼 기분이 싸했다. 돌아가신 아버지가 꿈에 나오질 않나 서울에 사는 동생으로부터 전화가 오질 않나.

그러고 보니 몇 주 전에 산 복권을 바쁘다는 핑계로 아직 맞춰보지 않은 것이 생각이 났다.

그래, 사기만 하고 놔두면 그건 또 도리가 아니지. 게다가 당첨금 지급일도 딱 1년 동안이라, 안타깝게 기간을 놓쳐 당첨금을 못 받은 사례도 있다고 했다.

"그래 복권을 어디에 뒀더라."

지갑 안쪽에 넣어뒀던 복권을 책상 위에 조심스럽게 올려놓고는 QR코드로 한 번에 맞춰보는데 웬걸 그녀는 그날 눈앞이 번쩍 한다는 것이 어떤 것인지 경험하게 됐다.

복권이 당첨된 것이다. 그녀가 정말 매주 기대하지만 역시 꽝으로 끝나버렸던 복권이 이번에는 정말 당첨이었던 것이다.

그것도 1등.

옆에 누군가가 없기에 망정이지 그녀는 자기도 모르게 돌고래 소리를 단전에서부터 올리고 있었다.

그래, 가난해서 자신의 훌륭한 그림 솜씨를 펴보지도 못할 뻔했던 모네도 복권에 당첨되어 대저택에서 수련 같은 대작을 남기며 살았다고 하는데. 그것처럼 이제 그녀에게도 밝은 내일이 찾아온 것이다.

하지만 흥분만 할 것이 아니었다. 당첨금은 제주에서는 찾을 수 없었다.

1등이었기에 농협 본점을 찾아가야 했다.

이럴 땐 제주도가 섬이라서 단점으로 다가왔다.

우선 비행기 타기 위해 공항으로 달려갔다.

몇 주 전까지만 해도 코로나로 다들 조심하던 터였고, 국가에서 강력하게 거리두기를 강조했기에 공항이 텅텅 비어 있었는데, 이제는 거리두기도 풀렸고 그동안 여행을 자제했던 사람들도 국내여행은 괜찮지 않을까 하는 비슷한 심정에서였을까? 그리고 해외 가는 기분으로 갈 수 있는 곳이 제주여서였을까 세상에 표를 구하기 너무나 힘든 것이었다.

특히 유독 제주로 오고 가는 비행기는 만석이란다.

공항에서 발을 동동 구르고 있던 그녀. 하지만 역시 1등의 운은 여기서도 터졌다. 정말이지 연휴 끝나고 13일 화요일에 딱 1좌석이 있단다.

항상 꼬이기만 했던 인생이 복권 당첨 이후로 빵빵 터지는 것 같아서 그녀는 입 꼬리가 올라갔다.

대출로 얼룩진 그녀의 인생도 탄탄대로가 뚫릴 것이 분명하다.

상상은 말도 안 되는 지경까지 이르렀고 아직 손에 쥐지도 않은 돈을 쓸 생각에 머릿속은 복잡해지기만 했다.

가는 동안 실수로 혹시 복권을 잃어버리거나 훼손될까 작은 주머니를 만들어 안쪽 티셔츠에 잘 꿰매 놓기까지 한 그녀였다.

어떻게 본점까지 찾아갔는지 마치 그녀의 인생이 그러했듯이 롤러코스터를 타고 갔다 방금 내린 사람처럼 그녀는 정신이 없었다.

오히려 그녀를 진정시킨 건 너무도 당연히 이런 절차에 익숙한 은행 직원들이었다.

어떻게 당첨금을 쓸 것인지 좋은 꿈은 꾸지 않았는지 신분증은 가지고 왔는지 등등의 여러 절차를 거쳐 수령한 당첨금을 받아 들고 1억 원은 그녀가 항상 하고 싶었던 사랑의 열매에 기부해 달라고 부탁을 했다. 그녀는 사랑의 열매 사회복지 공동모금회가 2007년 12월 설립한 1억 원 이상 고액기부자 아너 소사이어티 클럽에 들고 싶었기 때문이었다. 그것은 그녀의 오랜 꿈이었다.

그렇게 그녀는 명예와 부를 한꺼번에 거머쥐게 되었다.

그런데 그렇게 기부를 하고도 여전히 많은 당첨금을 받고 보니 세상이 빙빙 도는 것 같았던 그녀. 그 후에 그녀는 은행 직원의 컨설팅이라도 받았어야 했다.

아니면 빨리 제주로 내려오기라도 했어야 했다.

그녀는 다른 선택을 했다.

사람은 갑자기 너무 큰돈이 들어오면 그것을 잘 운영해야 할 지혜를 잃어버리는 걸까?

큰돈이 들어오니 물욕이 샘솟는 그녀!

평소에는 관심도 없던 명품관으로 달려갔다.

그녀가 평소에 눈으로만 보았던 가방, 옷, 시계, 보석… 이것저것 닥치는 대로 사고 마치 오늘만 살 사람처럼 행동했다.

쇼핑을 얼마나 많이 하고 다녔는지 그녀의 주변에는 택도 떼지 않은 상품마저 쌓여가기 시작했다.

거주지도 호텔로 잡아 잘 모르는 사람들에게서 그녀는 어느 기업의 숨겨둔 자녀라는 말까지 돌기 시작했다.

사실 이 정도 돈이면 그녀가 다시 화려한 젊은 시절로 돌아지는 못하더라도 인생을 새로 리셋해서 꽃길만 걷기에도 충분했다.

하지만 돼지 목에 진주 목걸이라고 하지 않았던가. 그녀에게 그런 화려한 생활은 영 어울리는 것이 아니었다.

주변에서 돈 때문에 비위를 맞추는 사람들의 속내를 모르는 철부지가 아니었던 그녀. 그렇게 몇 달이 흐르고 그렇게 들떠 좋다며 싸돌아다녔지만 그녀의 제주 사랑이 정말 사라진 것은 아니었기에 슬슬 집으로 갈 생각을 했던 차. 얼마 전 파티에서 무리를 해서 그런 것이었을까 체력이 현저히 떨어진 것을 느꼈다.

처음에는 냉방병으로 오한이 오고 약간의 두통이 있다고 생각했는데 열이 나서 비행기를 타지 못할 지경이었다.

꽃길만 걸을 것 같았던 그녀.

'설마 코로나는 아닐 거야..'

무려 814만 5060분의 1 확률을 뚫은 운으로 복권 1등에 당첨된 그녀가 아닌가. 벼락 맞아 죽을 확률도 28만 분의 1밖에 안되는데.

설마 했는데 그녀도 역시 코로나의 광풍을 비켜나지 못했다. 결국 검사 결과 코로나19에 양성 반응을 보인 그녀.

코로나19에 감염되었던 것이다.

그러나 그녀는 코로나에 대한 잘못된 지식을 가지고 있었다. 제주에서도 거리두기 기간에도 잘만 돌아다녔는데 감염되지 않았고, 그냥 스쳐 지나가는 몸살감기 정도라고 생각했기 때문이다.

진단 3일 후 자가 격리 기간 중, 그녀의 상태는 갑자기 롤러코스터를 타는 거처럼 급격히 악화되어갔다.

그런 증상에 정신까지 혼미해지면서 덜컥 겁이 났다.

이렇게 객지에서 죽으면 진짜 그것은…

객사라는 단어 밖에는 떠오르지 않았다.

병원으로 가야만 했다.

그래, 병원에 가면 살 수 있어.

거기까지 생각은 했지만 그 많던 지인들도 벌써 낌새를 챘는지 아무도 도와주는 이가 없었다. 그렇다고 대중교통을 이용할 수도 없었기에 그녀는 죽을힘을 다해 걷고 또 걸었다.

저기 눈앞에 대형병원이 보이기 시작했다.

'그래 갈 수 있어. 조금만, 조금만…'

겨우겨우 도착한 병원, 그런데 신의 장난이었을까 운이 다한 것이었을까 겨우 도착한 병원에 또 병상이 없다고만 한다.

방호 옷과 마스크로 완전무장한 병원 관계자들은 기다리라는 말과 진정하라는 말만 할 뿐이었다.

그녀는 병원 입구에서 억만금을 주겠으니 자신 먼저 치료해 달라고 울부짖었다.

하지만 너무 큰 행운을 만난 그녀에게 운명의 장난이었을까. 결국 그녀는 그 병원에서 다시는 걸어 나오지 못했다.

주변에서는 젊은 나이에 너무나 안타까운 일이라고 어쩐지 그녀에게 너무 운수 좋은 일만 반복적으로 일어났다고 혀를 끌끌 찼다.

그리고 이 이야기를 들은 한 소설가가 신 운수 좋은 날이라고 가제를 붙여 세상에 그녀의 이야기를 전했다.

거울

꿈구슬

꿈구슬

바람이 좋아 제주에 있다.
느린 걸음으로 많은 걸 느끼고
배우며 가고 싶어 하는 사람.
글을 쓰고, 그림을 그린다.

나는 거울입니다.

당신이 알고 있는 거울 맞습니다.

아침에 일어나자마자 보고, 세수하며 보고, 화장할 때, 옷을 갈아입고 나서도 보는 거울 맞습니다.

내가 어떻게 만들어졌는지 이야기한다면 많은 시간이 걸릴 것 같아 내가 당신이 생각하는 거울이라는 점만 간단히 말씀드리겠습니다.

더 궁금하시다면 차후에 메일을 주십시오. 성실히 답변 드리겠습니다.

연한 나무색, 당신의 노트북보다 조금 큰 직사각형, 플라스틱 프레임에 안에 내가 들어 있습니다. 화장대 거울도 욕실 거울도 전신거울도 아닌지라 나를 찾는 사람이 있을지 고민이 됩니다.

과연 나의 주인은 있을까요?

만들어질 때부터 크기와 모양을 결정할 수 있다면, 나는 조명을 단 화장대 거울이 되고 싶답니다. 환한 조명 아래에서 나를 통해 자신의 모습을 비춰보고 즐거워하는 아름다운 사람들,

얼마나 낭만적일까요?

기다란 거울들도 부럽습니다. 긴 녀석들은 이곳저곳 인기가 많으니까요. 사람들이 새 옷을 입고 전신을 비춰가며 이리저리 돌아볼 때, 그들의 행복한 모습을 볼 때 얼마나 즐거울까요?

하지만, 나는 작은 거울입니다.

그렇다고 가방에 넣고 즐겨 보는 손거울도 아니지요.

원한다고 다 되는 것은 아닙니다.

사람들이 두꺼운 박스에 나를 밀어 넣곤 테이프로 봉해버렸
어요. 나는 아무것도 볼 수도 비출 수도 없었죠.
내 신세가 서글펐답니다.
볼 수 없는 시간이 길어져 언제까지 이럴지 알 수 없다는
것이 얼마나 거울을 미치게 하는지 상상하기 힘들 겁니다.
나를 구원해주길, 두꺼운 박스에서 꺼내 주길 간절히 기다리
고 있어요.
친구들과 헤어질 때 슬프지만, 다른 한편으로 부러워요. 어
째서 나만 기다리는 신세가 되어야 하는지 처량하고 속상하네
요. 이럴 때 술을 마신다지요? 그럼 기분이 나아지나요? 갑갑
함도 사라지나요?

다른 거울이 바깥 이야기를 들려줍니다. 선택 받은 거울이지
요. 우리가 있는 곳은 물건들이 많다고 하네요. 선반들이 줄지
어 서 있고, 선반마다 가지각색의 물건들이 진열되어 있다고
해요. 물건들의 종류는 셀 수 없을 지경이랍니다. 사람들이 플
라스틱 카트를 밀고 이리저리 다닌데요. 카트에 아이들을 태우
고 이리저리 돌아다닌다고도 하네요. 우리를 지날 때면 선택받
은 거울 앞에 서서 자신의 모습을 비춰보기도 한답니다. 다양
한 표정을 짓는다고 하네요. 나는 호기심 많은 거울이라 사람
들의 모습이 보고 싶어 안달이 나요.

제발, 나를 데리고 가주세요. 제발요.요.요.

아, 제 몸이 붕 떠올랐어요.

누군가 나를 선택했군요.

하늘을 나는 기분이 이런 건가요?

실려 가고 있는 기분, 말로 표현할 수 있을까요?

두근두근 심장이 떨려요. 나를 감싸고 있던 박스의 테이프 떨어지는 소리가 들리거든요.

나를 꺼내 주려나 봐요. 내가 밖을 볼 수 있고, 비출 수 있다는 사실에 흥분되어 미치겠어요.

거울에게 비추는 일이 얼마나 중요한지 갇혀 있는 동안 제가 얼마나 쓸모없는 존재처럼 느껴졌는지 모르실 겁니다.

역사적인 순간이

드 디 어, 내게도. 뽛.

긴 생머리, 동그란 얼굴, 가녀린 목의 그녀가 기다란 손가락으로 나를 들어 올렸어요.

아, 아, 아 그녀를 본 순간 심장이 멈춰버리는 줄 알았어요.

연한 핑크색 원피스, 얇은 쌍꺼풀의 두 눈, 자그마하지만 오똑한 코, 살짝 두꺼운 입술, 가늘게 늘어진 그녀의 귀여운 눈이 나를 그윽이 바라봐 주었죠.

흥분이 나를 통과해 땅속까지 내려가는 기분이 들었어요.

당신은 그녀가 몇 살인지 궁금하신가요? 그걸 어떻게 알겠어요? 얼굴만 보고 몇 살인지 추측할 수 있을까요? 저는 잘 모르겠네요. 그저 그녀의 모습만 비출 뿐입니다.

너무 흥분해서 주변 살펴보는 걸 깜빡했네요.

그녀의 방은 단출해 설명하기도 입이 아프지만, 예의상 설명할게요. 방이 크진 않아요. 현관 정면에 여닫이문이 보여요. 열린 여닫이문 너머 싱크대와 냉장고가 있군요. 안쪽으로 창이 있어 환기가 잘 되겠어요. 여닫이문 옆에 있는 다른 문은 닫혀 있지만, 욕실로 예상이 됩니다. 현관 오른쪽에 붙박이장이 있어요. 붙박이장 옆으로 창이 있고 아래에 그녀의 침대가 놓여 있네요. 연한 핑크색에 잔잔한 꽃무늬 이불이 침대 위에 덮여 있습니다. 맞은편엔 책상과 의자가 놓여 있고, 책상 위엔 4권의 책이 무심한 듯 놓여 있습니다. 그녀는 현관 옆 벽, 주방 옆 벽, 화장실 옆 벽에 나를 대보며 어디가 좋을지 고민했습니다. 벽이 많지 않은 그녀의 방 어디에 제가 걸리게 될까요?

며칠 동안 책상 위에 놓여 있었습니다.
걸어주지도 않고
비출 수도 없고
천장만 바라보게 할 거면 왜 나를 데리고 왔는지
이해가 되지 않았죠.

화장할 때도 옷을 입을 때도 그녀는 나를 보지 않으니 난감합니다. 책임감 많은 제가 거울로서 역할을 하려면 제대로 된 환경에서 해야 하지 않겠습니까? 나를 선택해준 그녀에게 불평하고 싶진 않지만, 이런 식의 방치는 곤란하다는 걸 알아줬으면 좋겠습니다.

아차차, 며칠 동안 그녀가 바빴다는 걸 알게 되었습니다.

그녀에게는 남자친구가 있더군요. 이틀째 되던 날 그녀는 남자와 함께 왔습니다. 남자는 일단 키가 컸습니다. 180은 넘어

보였죠. 이목구비가 중심에 몰려 있더라고요. 짙은 눈썹을 보니 고집이 세게 보여요. 차이나 칼라에 진한 네이비색 셔츠를 입고 있었어요. 풍성한 머리숱을 앞으로 내린 모습이 잘생겼다는 생각도 살짝 들었죠. 두 사람은 말하기도 거시기하게 딱 붙어 들어왔어요. 그녀의 웃음소리가 경쾌했습니다.

그녀가 남자와 함께 들어오는 모습을 보고 마음이 쓰라렸지만, 그녀의 행복한 모습이 보기 좋았어요. 남자는 침대에 털썩 등을 기대고 앉더군요.

"자기, 배고프지? 요즘 우리 자기 살 빠지는 것 같아, 어제 자기 밥해주려고 장 봐뒀징. 소불고기랑 된장찌개 할 거니까 조금만 기다려."

행복해서일까요? 그녀의 목소리는 톤이 높고, 콧소리가 껴있네요. 밥솥의 추가 돌아가고, 그녀는 분주히 움직이더군요. 밥냄새가 났습니다. 된장찌개의 구수한 냄새도 났고요. 소불고기의 달달한 냄새까지. 30분을 싱크대에 앞에 서서 움직이더니 갈색 나무 상 위에 밥과 된장찌개, 소불고기, 냉장고에서 꺼낸 김치, 나물 반찬, 어묵볶음 등을 올려놓더군요. 푸짐한 상을 방으로 가져왔어요. 두 사람이 마주 보고 밥을 먹는 모습이 인정하긴 싫지만 보기 좋았습니다.

"자기, 오늘 회사 어땠어? 요즘 일이 많아 힘들지?"
그녀가 그에게 수저를 건네주었습니다.
남자가 된장찌개를 한입 떴어요.
"음, 맛있네. 네가 해주는 된장찌개 괜찮다. 우리 엄마 것보다 맛있다. 음식은 네가 잘해."
"어머님 음식솜씨가 별로야? 진짜? 그렇게 맛있어?"

51

남자는 엄지를 치켜올리더군요. 그녀의 얼굴이 달덩이처럼 밝았어요. 남자의 작은 행동에도 소리 없이 웃었습니다.

"자기, 거울 하나 샀는데, 밥 먹고 좀 걸어주면 안 될까?"

그녀는 남자의 얼굴을 보곤 밥을 뜨기 시작했어요.

"야, 지금은 그렇고, 담에 하자."

남자는 귀찮은 듯 대답했어요. 음식을 먹는 데 집중하더군요.

"너, 우리 사무실 이 대리 기억나지? 내가 자주 말하던 그 새끼 말야. 며칠 전 선봤는데 까였다, 킥킥킥. 그 새끼 머리는 까지고 있고, 졸라 결혼하고 싶어 안달이 나서 쉬지도 않고 선보고 까이고, 남자 망신은 다 시키고 다녀. 쪽팔리게."

그녀는 웃고만 있네요.

"야! 집에 티비 좀 들여놔."

밥상을 치우고 있는 그녀의 뒤통수에 대고 그가 통명스레 말을 했어요.

"결혼하면 혼수로 다 장만할 거잖아. 자기 그때까지 참으면 안 되나? 며칠 전 어머님 만났을 때 6개월 뒤에 같이 준비하자고 하시던데, 어머님 자기한텐 별말씀 안 하셔?"

"엄마가 양가 어른들 만나서 상견례 하자던데, 내가 너네 아버지 만나야겠지?"

무신경한 듯 던진 남자의 말에 그녀의 표정이 굳어졌어요.

"그 남자 얘긴 안 했음 좋겠어."

"뭐, 알았어. 그렇게 정색할 것까진 없잖아. 미래 장인어른 뵙는 건데."

"나랑 그 사람하고는 아무 상관없는 사람이야."

"알았다. 그건 그때 가서 생각하자."

그녀는 침대에 앉아 휴대폰을 보는 그를 말없이 보았죠.

"설거지 끝나고 커피 줄게."

-띠링, 띠리링.
들고 있던 남자의 휴대폰이 울렸습니다.
남자는 전화는 받지 않았어요. 금세 소리가 나지 않더군요.
다시 전화가 왔어요. 남자는 소리가 들리자마자 종료 버튼을
누르는 것 같았어요.
잠시 후
-카톡. 카톡. 카톡. 카톡. 카톡.
남자가 당황하는 모습으로 그녀 쪽을 힐끔 봤어요. 등을 그
녀에게서 반대로 돌리곤 휴대폰에 뭔가를 적고 있었습니다.
-카톡. 카톡. 카톡. 카톡.
남자의 표정이 일그러졌습니다. 중앙으로 몰린 얼굴에 일그
러진 눈썹까지 불편해 보였습니다.
"주원아, 우리 과장? 그 새끼, 씨팔, 뭐가 잘못됐는지 지금
회사로 오란다. 계속 전화하고 지랄. 안 가면 깨질 것 같은데,
로또나 되면 좋겠다. 이 씨팔, 사람 쉬는 날도 제대로 쉬지도
못하게 부르고 난리야. 가야겠다."

진짜일까요?

그녀의 하얀 얼굴이 샐쭉해졌어요.
"일주일 만에 만났는데, 진짜 가야 해?"
-카톡. 카톡. 카톡. 카톡. 카톡.
"회사 일이 넘 많네, 힘들겠다. 내가 다 속상하다."
"어쩌냐, 결혼해서 너 먹여 살리려면 어쩔 수밖에 없잖냐."
-카톡. 카톡. 카톡. 카톡.

"급한 일인가 보네. 흐잉, 싫당. 에잉, 어쩔 수 없지. 오늘 다시 볼 수 있어?"

답답하다는 듯 그녀를 보며 남자는 뒷주머니에 폰을 넣었어요.

"가봐야 알지. 급한 일 처리하고 얼른 올게. 늦어지면 연락할 거니까 기다리지 마. 일요일에 만나자. 나, 간다. 나오지 말고, 문 잘 잠그고 자."

남자는 깨끗하게 잘 닦인 구두를 신었습니다. 그녀는 고무장갑을 벗으며 남자에게 다가갔어요. 남자는 습관적으로 그녀를 한번 안더니 그녀의 오른쪽 볼에 입을 맞춘 후 현관문을 열곤 나가버렸어요. 문이 닫히고 남자의 발소리가 멀어지더군요. 그녀는 어깨를 늘어뜨리곤 한숨을 내쉬었어요.

뭐가 그리 급하다고 똥 마려운 강아지처럼 쫄래쫄래 가는 걸까요?

그녀는 고무장갑을 손에 든 채, 남자가 앉아 있던 자리 옆에 앉았습니다. 남자가 앉았던 자리를 손으로 쓰다듬더군요.

"승현 씨, 나 사랑하는 거 맞지? 날 위해서 별도 달도 따준다고 했었는데, 요즘 자기 너무 바빠서 그런 거지? 내가 뭐 잘못했을까?"

그녀의 목소리가 슬펐어요. 천천히 일어나 고무장갑을 끼곤 주방으로 향했어요.

그날 밤까지 남자한테서는 전화가 없더군요. 12시쯤 카톡이 왔어요. 그녀의 얼굴로 봐선 뻔하지 않겠습니까? 못 온다. 잘 자라. 이런 이야기이겠죠. 그녀는 휴대폰을 침대에 던졌어요.

욕실로 들어갔어요. 물소리 들리더군요. 좁은 욕실에서 그녀는 한참 동안 나오지 않았어요. 가느다란 그녀의 울음소리가 욕실에서 새어 나왔습니다. 빨간 눈을 한 채 그녀는 욕실에서 나와 옷을 갈아입었어요. 손에 쥔 휴대폰 화면을 들여다보기를 여러 번 하더군요.

그놈은 손가락이 부러지기라도 했나요? 잠시 짬을 내지도 못하나요?

그녀가 불을 끄고 침대에 누웠어요. 어두운 방 안, 그녀가 뒤척이는 소리가 계속 들려옵니다. 쉬이 잠이 들지 않나 봐요.

다음 날 그녀는 일어나 씻고, 아침을 먹고 화장을 하고, 옷을 갈아입곤 집을 나갔어요.
그녀의 집은 조용했어요. 나는 그녀가 없는 동안 그녀가 지금 어디에 있는지, 무엇을 할지, 상상에 빠졌어요.

일할 때 힘들진 않을까요? 점심은 잘 먹고 있는 걸까요? 그녀가 슬프지 않았으면 좋겠어요.

토요일 아침부터 그녀는 휴대폰을 계속 확인하더군요. 그녀는 나를 책상에 세워두었습니다. 벽에 걸리지 않아 찜찜했지만, 천정을 바라보고 누워 있는 것보다는 낫기에 참기로 했어요.
발그레한 얼굴과 수줍은 듯 웃는 그녀의 모습, 그녀는 침대 위 여러 벌의 옷을 올려놓고 무엇을 입을지 고민했습니다. 옷을 몸에 대곤 나에게 비춰보려고 앞으로 왔다가 뒤로 갔다가를 여러 번 반복하더군요. 내가 전신거울이 아닌 게 원망스럽더군요. 그녀의 예쁜 모습을 다 비춰줄 수 있다면 지금 사라져도 여한이 없을 것 같다고 생각했습니다. 그러나 어쩌겠습니까? 나는 작은 거울일 뿐인걸요.

-띠링, 띠리링-

들고 있던 옷을 얼른 침대 위에 올려둔 채 그녀는 전화를 들었습니다.

그녀의 얼굴에 웃음이 번졌어요. 남자인가 봅니다.

웃음기가 사라졌어요. 표정이 굳어지기 시작했습니다.

무슨 일일까요?

"믿을 수가 없네요. 당신은 누구죠? 무슨 말을 하는 거죠?"

"승현 씨는 내가 잘 알아요. 그럴 리가 없어요. 그 사람에게 직접 물어봐야겠어요. 전화 끊겠습니…"

그녀의 목소리가 떨리고 있었어요.

"네, 거기 알아요. 네."

행복한 표정이었는데,

전화기가 그녀의 손에서 미끄러지듯 바닥에 떨어졌어요. 그녀는 무너지듯 침대에 앉았습니다. 나를 보는데 눈빛은 다른 곳에 있네요.

그녀는 정신이 나간 표정으로 침대 위에 놓여 있는 옷 중 하나를 골라 입었습니다. 허둥지둥 가방을 들고 방을 나갔어요.

나는 정이 많은 거울이라 그녀 걱정이 되었답니다.

방안이 오후의 빛으로 바뀌는 순간이었죠.

문이 열리는 소리가 들렸습니다. 그녀가 방에 들어오더군요. 그녀의 뒤로 남자가 들어왔습니다.

"주원아, 말 좀 들어봐. 너가 생각하는 거 아니야. 이 씨팔."

남자의 목소리가 크더군요.

그녀의 목소리가 너무 낮아 소름이 돋았습니다.

"이 씨팔, 아니라고, 그년이 나 좋다고 따라다닌 거라고, 너는 왜 걔 말은 믿으면서 내 말은 안 믿냐? 너 애인 말을 믿어야지 다른 사람 말만 믿고, 나를 나쁜 놈으로 몰고 그러냐?"

"그럼 내가 본 건 뭔데? 그 여자랑 모텔에서 나오는 걸 똑똑히 봤는데."

"너 확실하게 본 거 맞냐? 내가 거기 있었다는 증거 있냐고? 너 그런 사람 아니잖아. 나 믿잖아."

"그 여자가 아침에 자기 전화기로 전화했어. 모텔도 그 여자가 알려줬고."

"아니, 그건, 그래, 그년이 나 좋다고 한 번만 딱 한 번만 만나달라고 얼마나 조르던지… 주원아, 진짜 딱 한 번이야. 나 봐주면 안 될까? 남자들은 여자들이 좋다고 달려들면 다 넘어가. 그게 남자의 본성이야. 내가 미안해. 내가 잠시 홀딱 넘어가 버렸어."

그녀가 침대 위에 놓여 있는 옷들을 모조리 바닥으로 내려버리더니 그대로 침대에 누웠습니다. 이불을 머리까지 뒤집어썼어요.

남자는 그녀의 몸을 돌리려 애를 써봤지만, 벽 쪽으로 드러누운 그녀는 요지부동이었습니다.

남자가 그녀의 발 앞에 정확하게는 침대 아래 바닥에 무릎을 꿇었습니다.

"주원아! 진짜 내가 잘못했어. 다시는 이런 일 없을 테니 용

57

서해주라, 응? 우리 엄마 요즘 우리 살 집 보러 다녀. 아버지 귀에 들어가면 나 맞아 죽어. 나 죽는 꼴 보고 싶냐? 그냥 호기심이었어. 나 좋다는데 어떻게 안 넘어갈 수 있겠냐? 결혼하려고 너 기다렸잖아. 내가 너 얼마나 사랑하는지 너는 정말 모를 거다? 너랑 헤어지는 거 생각하면 나 견딜 수가 없다. 주원아, 얼굴 한 번만 봐주면 안 될까?"

눈물까지 뚝뚝 흘리고 있네요.

"가. 나가. 나가라고. 내 말 안 들리냐고, 나. 가. 라. 고."

그녀가 베개를 집어 들고 남자의 머리를 마구 때렸어요. 남자는 무릎을 꿇은 채 이리저리 맞더군요.

"꼴 보기 싫으니까 나가. 너 안 나가면 내가 나갈 거야."

그녀가 벌떡 일어나 나가려 할 때 남자가 그녀의 팔을 잡았어요.

"주원아, 알았어. 내가 나갈게. 내가, 내가 갈게, 흥분하지 말고 우리 이성적으로 생각하자. 응? 나 다시 올게."

한껏 쪼그라든 남자가 얼른 신발을 신었어요.

문이 닫히는 소리가 나고 그를 맹렬히 쏘아보며 온몸에 힘을 가득 주었던 그녀가 침대에 풀썩 쓰러졌어요.

울기 시작하더군요. 그녀를 달래주고 싶은데, 아니면 함께 울어주고 싶은데, 아무것도 할 수 없는 제가 원망스럽더군요. 처음으로 그녀의 집에 오게 된 게 후회가 되었습니다.

소리 높여 우는 그녀의 울음이 어찌나 처량한지 당신은 모를 겁니다.

그녀는 밤새도록 울었어요. 울음을 멈추었다 다시 울기를 반복했어요.

큰 소리로 울기도, 끊어질 듯 작은 소리로 울기도 했어요.

엎어져 흐느끼기도 하고, 의자에 앉아 울기도 했어요.

먹진 않고, 간간히 물을 마시더군요. 탈수 걱정은 안 해도 되어 안심되었어요.

새벽녘에야 잠든 모양인데 잠든 와중에도 눈가에 물이 맺혀 있었어요.

창으로 빛이 스며들었어요. 그녀가 눈을 떴어요.

더 자면 좋을 텐데, 그러긴 어렵겠죠?

그녀는 벌떡 일어나 욕실로 갔습니다. 씻을 모양입니다. 욕실 문이 열리고 문 앞으로 휴지통, 화장지, 칫솔, 치약 등의 물건들이 쌓였어요. 욕실 바닥을 문지르는 소리가 났어요. 그녀는 새벽부터 욕실 바닥을 문지르고 청소를 했습니다. 문지르는 소리와 물소리가 한참 났어요. 욕실 문이 열리고 문 앞에 널려진 물건들이 욕실 안으로 옮겨졌어요. 진한 락스 냄새와 함께 그녀가 욕실에서 나왔어요. 젖은 발을 욕실 매트에 닦은 그녀는 주방으로 갔어요. 싱크대 장을 열기 시작하더니 모든 그릇, 냄비들을 끄집어내더군요. 투닥투닥 소리가 나고, 한참을 싱크대 앞에 서 있었어요.

냉장고 문이 열렸어요. 냉장고 안에 있는 것들을 모조리 끄집어내더니 바닥에 쌓았어요. 냉장고도 닦더군요. 바닥에 쌓인 음식들을 비닐 안에 모조리 집어넣었어요.

가득 찬 음식물 봉지를 밖으로 가져가더니 한참 뒤 그녀가 돌아왔어요.

널려 있던 옷가지며 침대를 정리하곤 방을 쓸고 닦았어요.

욕실에 들어갔어요. 빨래 빠는 소리가 요란하게 들렸어요.

로봇처럼 쉬지도 않고 움직이더군요.

59

며칠 동안 음식 냄새가 나지 않아요. 물을 마실 때를 제외하곤 먹는 모습을 볼 수가 없어요. 이러다 쓰러지겠어요.

그녀는 매일 청소를 해요. 닦고, 쓸고, 문지르고, 청소하기 위한 사람처럼 작은 집 곳곳을 쓸고, 닦았어요. 나도 깨끗한 천으로 매일 닦아주어 기분이 좋지만, 청소만 하는 그녀가 걱정이 됩니다.

다행히 출퇴근은 해요. 퇴근하고 나면 문을 걸어 잠그고 침대에 누웠어요. 침대에 누워 꼼짝도 안 하다가 어떨 땐 울었다가 침대에 앉았다가를 반복했어요.

잠도 제대로 못 자는 것 같았죠. 불을 끄고 누워 있지만, 뒤척이는 소리와 울음소리가 밤이 되면 흘러나왔어요. 어느 날 캄캄한 방의 불이 켜지더니 주변이 환해졌어요. 책상 위 책을 집어 들어 큰소리로 읽었어요. 조금 읽더니 책을 덮더군요. 그러곤 책을 바닥에 집어 던졌어요. 책상 위 책들을 모조리 바닥에 던져 버리더군요. 침대도 아닌 바닥에 누워 팔로 눈을 가렸어요. 그녀의 눈에 눈물이 나더군요.

그녀를 도와줄 분 없을까요?

그 자식이 왔어요. 그녀가 열어주지 않자, 문을 두드리고, 초인종을 누르고, 문 앞에서 계속 지껄였어요.

"주원아, 너 없으면 나 못살아. 나 좀 들어가게 해주라. 한마디만 해주라. 응? 딱 한 번, 이번만 봐주면 다신 안 그럴게."

그녀는 문을 열지 않았죠.

한참 떠들다가 조용해졌어요.

다음 날 출근 시간 그가 문 앞에 있었어요. 그녀가 문을 열고 나가자 그녀의 팔을 잡고 매달리더군요. 문이 닫히고 문 뒤편에서 그놈 목소리가 들렸어요.

"주원아, 한 번만 용서해줘. 다시는 안 그럴게. 우리가 어떻게 만났는데, 널 위해 내가 다했잖아? 나 너랑 헤어지면 죽어버릴 거야."

소리는 점점 멀어지고 그들 사이에 어떤 일들이 있는지 알 길이 없습니다.

그날 밤 그녀는 조금 늦게 들어왔어요.

울지 않는 그녀를 보는 것도 오랜만이네요. 그녀는 옷을 갈아입고, 평소 하듯 청소를 했어요. 욕실, 주방, 방, 책상 그리고 거울인 나까지 닦았죠. 그녀의 무표정함에 뭐라 표현하기 어려운 미세한 변화가 생긴 듯 보였어요. 청소를 끝낸 후 그녀는 책상에 앉았어요. 나를 보는 듯 아니면 자신의 눈을 보는 듯 한참을 들여다보았어요.

"나 믿어도 될까? 그래도 될까?"

다음 날 아침에도 그놈이 문 앞에서 기다리고 있었어요.
퉁명스럽지만, 그의 말에 대답도 하네요.
그녀의 마음이 누그러지고 있다는 느낌이 들어요.
며칠이 지나자 그놈이 그녀의 방으로 들어왔어요.
벽에 못을 치고 나를 걸어주었어요. 그놈의 손에 들려 걸리는 순간 내가 거울이라는 사실이 싫었어요. 그가 사 온 음식을 먹으며 그녀는 조금씩 웃기도 했어요. 그런 모습을 보니 내 마음도 수그러들더군요.

그녀가 행복하다면 난 아무래도 좋아요.

그녀는 많이 좋아진 것처럼 보였어요.

주말마다 그놈이 집에 들러 그녀를 데리고 나갔어요.

그녀의 표정이 밝아졌어요.

두 번씩 하던 청소도 한 번으로 줄었죠. 그녀가 나아지는 모습에 안심이 되었지만, 문득 괜찮을까 하는 의문이 들었어요.

가을이 시작되는 저녁이었어요.

더위가 많이 가셨다고 느껴졌죠.

퇴근한 그녀가 욕실에 들어간 후 물소리가 들렸어요. 씻고 있나 봐요.

-딩동, 딩동, 딩동, 딩동, 딩동, 딩딩딩동동동

그녀가 수건을 손에 들고 욕실에서 나왔죠.

"누구세요?"

"세희예요."

현관문 너머에서 하이톤의 카랑카랑한 목소리가 들렸어요.

그녀가 그 자리에 얼어붙었어요.

"세희예요. 문 좀 열죠."

"어쩐 일이시죠? 전 할 말이 없는데…"

"사람이 왔는데 얼굴을 보고 말해야 하는 거 아닌가?"

긴 숨을 내쉬곤 망설이던 그녀가 문을 열었어요. 아담한 체구의 평범하지만 진한 화장을 한 여자가 서 있었죠.

"나, 기억나죠?"

두 사람은 서로를 보았죠.

잠시 침묵이 흘렀어요.

"어쩐 일이시죠?"

그녀의 목소리가 떨렸어요.

"들어오라는 말 안 할 건가? 할 말 있는데.."

"당신이 들어와 앉을 자리도 없어요. 말하고 싶지도 않고요. 그만 가주시죠."

"왜 왔는지 궁금하지 않나요? 잠시 들어가 앉을게요."

여자는 하이힐을 아무렇게나 벗어던지곤 그녀의 방안으로 들어왔죠.

방을 한번 둘러보더니 침대에 걸터앉곤 다리를 꼬며 팔짱을 꼈어요.

그녀를 올려다보았죠.

여자가 들어와 앉는 모습까지도 한자리에서 그녀는 보고만 있었어요.

"무슨 일이죠?"

"나 승현이랑 못 헤어져. 걔랑 10년 만났어. 너랑 만나기 전부터 우린 같이 지냈어. 걔 너 사랑하는 거 아니야."

"그건 당신이 할 수 있는 말이 아닌 듯해요. 당신 말 못 믿겠어요. 승현 씨는 당신이랑 아무런 상관이 없다고 했어요. 승현 씨에게 직접 물어볼 거예요."

여자는 코웃음을 쳤어요.

"물어볼 필요가 있니? 너 삼파식품 사장 딸이라며? 승현이가 너랑 결혼해서 한몫 잡겠다고 공들였잖니. 알짜배기 회사라고 너랑 결혼하면 너희 아버지 덕을 많이 볼 거라고 기대에 들떴지. 야, 너희 아버지도 매정하더라. 며칠 전 찾아갔는데 너랑 아무런 상관없다고 딱 잘라 말했대. 승현이 그 말 듣고, 더 이상 너 못 참아주겠데. 너가 꼴 보기 싫다나 뭐라나? 내가 여기 온건 더 이상 승현이 귀찮게 하지 말라고. 전해주려고, 네가 좀 딱해서."

그녀의 몸이 떨렸어요. 주먹을 꽉 쥐고 눈에 힘을 가득 주었어요.

"승현 씨가 그, 그, 그 남자를 찾아갔다고요?"

"전에도 몇 번 만났어. 네 아버지한테 돈 몇 번 받았어."

충격을 받은 표정이었어요.

"내 말 알아들은 듯하니 난 갈게. 승현이한테 연락하지 말고. 어차피 해도 안 받을 테지만, 모를 것 같아 알려주는 건데 걔 번호도 바꿨어."

침대에 걸터앉아 있던 여자가 일어나 널브러진 자신의 하이힐을 신었어요.

"아 참, 얘 너도 딱하다. 엄마가 목멨다며? 네가 봤다면서? 승현이가 그러더라고. 가끔 네 눈빛이 무섭다고."

여자는 현관문을 쾅 닫고 나가버렸어요.

또각또각 구둣발 소리가 멀어져갔죠.

그녀는 무너지듯 주저앉았어요. 멍한 표정으로요.

한참을 앉아있다 전화를 걸기 시작했어요.

휴대폰을 바닥에 던져버렸어요. 액정이 부서지는 소리가 들렸어요.

그녀가 벌떡 일어나 가방을 들고 집을 나갔어요. 문은 잠그지도 않은 채.

빛은 사라지고 온통 어둠만 가득해졌어요.

캄캄해지고 한참이 지나 문이 열리는 소리가 들렸어요.

그녀가 현관에 들어섰어요.

불도 켜지 않고 현관에 주저앉았어요.

흐느껴 우는 소리가 들렸죠.

바닥도 차가울 텐데, 자리에서 꼼짝도 하지 않고 그녀는 울고 있었어요.

아침의 빛이 들어올 때까지 웅크리고 앉아 있었어요.

고개를 숙이고 웅크려 있던 그녀가 천천히 일어났어요.

슬픔이 온 얼굴을 덮고 있었어요.

그녀를 바라볼 수밖에 아무것도 아무 말도 할 수가 없네요.

그녀는 자신의 신을 벗곤 그대로 침대에 누웠어요. 죽은 듯 잠을 자더군요. 먹지도 않고, 마시지도 않고, 가끔 화장실만 들어갔다 나올 뿐 사흘 동안 잠만 자더군요. 나는 그녀를 아끼는 거울인지라 그녀가 걱정되어 미치겠어요.

침대와 하나인 듯 꼼짝도 없이 누워 잠만 자던 그녀가 삼일이 지나고 침대에서 일어났어요.

책상 앞에 놓인 의자를 끄집어내곤 자리에 앉았죠.

나를 바라보았어요.

"나, 바본가 보네. 어떻게 이리 바보 같을까? 사람 보는 눈도 없고, 내가 너무 싫다."

그녀의 중얼거리는 소리, 내 마음이 아프네요.

아냐, 아냐. 네 잘못이 아냐.

네 탓이 아니야. 자책하지 마.

나는 내 마음이 전해지길 바라며 말하고 말했어요.

물론 그녀가 듣지 못한다는 걸 알지만 말이죠.

그녀가 두 손으로 머리를 감싸 쥐곤 책상 위에 머리를 박았어요. 소리 내어 울기 시작하더군요. 울면 마음이 정화될 테니 우는 것도 나쁘진 않은 것 같았어요.

깔끔했던 그녀는 청소도 하지 않았고, 밥도 하지 않았고, 침대에 누워 하루 종일 있었어요. 가끔 일어나면 책상에 앉아 거울인 내 앞에서 자책의 말들을 쏟아 놓았죠. 나는 차마 그 말들을 옮기고 싶진 않아요. 그녀가 스스로 벌하는 듯한 행동을 할때마다 거울인 내가 금 가는 기분이 들었답니다.
　아무도 오지 않았고, 전화도 울리지 않았어요. 휴대폰은 방전이 되었겠죠. 밤이 되어도 불은 켜지지 않았어요. 어둠 속에 가라앉았죠.

　환한 달이 뜬 밤 그녀가 칼을 들고 있었어요.
　한참을 내려 보다가 소스라치게 놀라 칼을 던졌어요.
　후다닥 자신의 침대 위로 올라가 이불을 뒤집어쓰곤 부들부들 떨었어요.
　그녀의 위태로운 모습이 보는 내내 불안해요.

　다음날 방으로 빛이 들어왔을 때 그녀가 침대에서 일어나 의자에 앉았어요.
　휴대폰을 충전기에 꽂았죠. 침대 위 창을 열었어요. 오랜만에 느껴지는 바깥 공기에 기분이 좋았어요. 선선한 공기에 가을이 만연하다는 걸 느낄 수 있었어요.
그녀는 울지 않고, 침대에 걸터앉아 깊은 생각에 빠졌어요.

　-웅, 카톡, 윙,
　폰에선 여러 소리들이 들려왔어요.
　그녀가 어디론가 전화를 걸었어요.

"엄마, 엄마. 나 주원이야. 엄마 내 목소리 들려? 엄마 지금 엄만 어디 있어? 나 너무 힘들어. 엄마. 엄마한테 가고 싶어. 엄마, 보고 싶어. 나도 엄마한테 가면 안 돼? 엄마, 나 어떻게 해야 할지 모르겠어. 엄마를 버린 그 남자가 싫어서 사랑 따윈 안 하려 했는데. 나는 엄마처럼 안 될 거라 믿었는데, 내가 바보 같아. 나 내가 너무 싫어. 엄마. 말 좀 해봐. 나 어떡해? 엄마 왜 날 떠났어? 엄마의 마지막 모습이 떠올라 견딜 수 없어. 엄마의 빳빳하고 차가운 몸이 느껴질 때마다 숨이 막혀 미치겠어. 엄마 내가 미안해. 내가 엄마 마음 몰라서 미안해. 엄마가 얼마나 아팠는지 몰라서 미안해. 정말 미안해. 나 어떻게 해야 해? 엄마, 엄마, 악, 악. 나 무서워. 엄마 나 너무 무서워."

그녀의 절절한 목소리가 마음을 긁어요. 깊은 통곡이었어요. 가슴을 치며 고꾸라져 거칠고 아픈 울음을 토해내고 있어요. 온몸을 아기처럼 둥글게 말곤 숨을 쉬지 못하다가 정신을 잃은 듯 조용해졌어요. 시간이 지나 다시 일어난 그녀는 또 그렇게 울었어요. 마치 짐승처럼.

며칠이 지나고 그녀는 붙박이장에서 여행 가방을 꺼냈어요. 간단한 옷가지들을 챙기고 세면도구 등을 챙기더군요. 그녀가 떠날 준비를 하고 있어요. 그녀를 한동안 보지 못할 수도 있다는 생각에 아쉽긴 했지만, 그녀가 마음을 잡고 회복된다면 그것보다 좋은 일은 없을 거라 생각이 들었죠. 한동안 먹은 것이 없는 그녀의 얼굴과 팔다리가 말라 나무줄기 같았어요.

그녀가 의자에 앉았어요. 책상 위 나를 한참 바라보더군요.

"나랑 같이 갈래?"

나를 보고 그녀가 묻는 말일까요? 아님, 자기 자신에게 하는 말일까요?

난 그녀와 함께라면 어디든 가고 싶어요.
그녀는 나를 벽에서 떼어 자신의 여행 가방에 넣곤 지퍼를 닫았어요.
가방 안은 답답하기도 하고, 캄캄했어요. 그녀와 함께라는 생각에 다른 생각을 할 겨를이 없었어요.

우린 어딘가로 움직이고 있어요. 여행 가방의 바퀴 소리가 들리네요.
멈추기도 하고 다시 움직이기도 하고, 들리기도 하네요.
괜찮아요. 그녀 곁에 있다는 생각에 어떤 것도 힘들지 않으니까요.
새로운 곳에 가게 될지 여행을 할지 기대가 돼요.

가방의 지퍼가 열리는 소리가 들렸어요.
서서히 밝은 빛을 느낄 수 있었죠.

그녀는 가방에서 나를 들어 올리며 나를 보는지 나에게 비친 자신을 보는지 한참을 들여다보았어요.

긴 생머리는 짧은 단발이 되어 있네요. 움푹 파인 볼과 피부
는 이전의 생기를 잃은 듯 보여요. 하지만, 그녀의 눈빛만은
이전과 같아요. 그녀는 나를 들고 하얀 탁자 위에 올려놓네요.
의자에 앉은 채 나를 바라보고 있어요. 나도 그녀를 바라보
고 있어요.
여긴 어딘지 모르겠어요.
온통 하얀색이에요. 벽도 침대도 문도 그녀의 옷도 하얀색이
에요.
그녀의 옷은 하얀색이지만 파란 글자가 적혀 있어요.

-제일정신병원

문이 열렸어요.
하얀 가운을 입은 남자와 여자가 들어왔어요.
"주원 씨, 기분 어떠신가요? 괜찮으세요?"
"네."
"이왕 입원하시기로 하셨으니 다른 생각 마시고, 마음 편히
가지세요. 뭐 필요한 거 있으시면 말씀해 주시고요."
"네,"
"궁금하신 거 있으시면 저나 여기 이 간호사에게 물어보시면
잘 알려드릴 겁니다."
안경을 낀 의사의 부드러운 목소리가 듣기가 좋아요.
옆에 선 간호사는 웃고 있네요.
"선생님, 하나만 물어봐도 되나요?"
"그럼요. 뭐든 물어보세요."
"선생님 자꾸 목소리가 들려요."

"이 방엔 주원 씨 외엔 없어요. 방음도 아주 잘 되어 있고
요. 누가 들어왔나요?"

의사가 주변을 두리번거렸어요.

나의 그녀가 손가락을 입에 대며 말했죠.

"쉿, 거울이 다 듣고 있어요. 내가 자기 말을 듣는다는 걸
알면 싫어할 거예요."

세상 끝에서 너를 기다려

민트

민트

서울 출생
현 17년차 제주도민

모토 - 내 인생의 아티스트로 살기
#예술 #공감 #소통 #치유

MBTI - 낯가리는 엔프피(ENFP)
#자유로운영혼 #완전즉흥적 #긍정적 #창조적 그러나 #낯가림

탄생화 - 민트
#새로운시작 #멋져 #대단해 #최상의컨디션 그리고 #돈다발

소울카드 - 8번 힘(STRENGTH)
#열정 #따뜻 #인내 #완벽주의 #독립심 #고생

'뭐라도 찾아.'

안절부절 킁킁거리고 또 끙끙거렸다. 막막했다.

'마티, 어디 있는 거야.'

순간 기억 한 자락이 다가왔다. 먼 메아리가 되어 흩어졌다.

("… 야아 마루, 대 단 한 데에. 니 사 냥 개 혈 통 맞 네에…")

내 이름은 마루, 4살 반 된 여자 요크셔 믹스다. 서울로 오기 2년 전엔 지리산 자락을 누비고 다녔다. 주인 할배 옷으로 만든 헝겊 공을 꽤 먼 곳까지 던져 주면 냄새를 따라가서 그걸 찾아내곤 했다. 사냥개로 꽤 소질이 있었다.

눈을 살며시 감았다. 공기를 들여 마셨다. 행여라도 마티 냄새를 놓치게 될까봐 폐가 가득 차도록 깊이 마시고 또 마셨다. 그리고는 귀를 바짝 세우며 걸어갔다. 마티 냄새가 바람에 실려와 코끝에서 요동치는 듯했다. 어디선가 그의 신음 소리가 들리는 듯도 했다.

"마루야, 기다려! 혼자 가면 안 돼!"

귓전으로 날아드는 여주의 날카로운 목소리가 등덜미를 잡아당겼다. 그녀를 기다려야 했지만 마음이 급했다. 정신없이 달리다 보니 길이 없었다.

[공 사 중]

차도로 눈을 돌렸다. 차가 오지 않을 때 차도로 내려서서 달려볼 심산이었다.

그때 마티의 냄새가 코끝을 자극해 왔다. 저만치에서 하얀 흔들림도 얼핏 보였다.

'마 티 다!'

그는 이미 차도로 내려서서 위험천만하게 걷고 있었다. 반사적으로 뒤를 돌아보고는 미친 듯이 달려 나갔다.

"비 **켜!** 컹 **컹!**"

온 힘을 다해 외쳤지만, 그는 듣지 못하는 것 같았다. 연신 다리를 핥으며 앞으로 나아가기만 했다.

"이 길은 우리 집 가는… 앗!"

급하게 연소되는 매연가스가 바로 뒤까지 왔을 때, 몸을 날렸다.

"저리 **가!**"

몸집이 작은 마티는 내게 부딪혀 길 가장자리로 나가떨어졌다. 갑작스러운 충격에 깜짝 놀라 나를 쳐다보았지만, 곧 안도의 표정을 지어 보이는 듯했다. 갑자기 그의 얼굴이 일그러졌다.

"퍽!" "끼-이익"

고개를 돌리는 순간, 고막을 때리는 굉음과 트럭의 급한 브레이크가 허공을 갈랐다.

젠장, 인도 쪽으로 바짝 붙어 달리던 트럭이 내 직감대로 키 작은 우리를 보지 못했던 거였다. 몸이 허공으로 튕겨져 나갔다.

"아아악, 마루야! 아-악!"

땅에 떨어졌지만, 바로 고개를 치켜들었다. 여주가 울부짖으며 달려오는 게 보였다.

힘겹게 쳐들었던 머리가 자꾸 바닥으로 떨어졌다. 눈이 감겼다. 여주가 있으니까 잠이 들어도 괜찮을 것 같았다.

'얼마나 지난 걸까?'

마치 잠에서 깨어나듯 일어나고 싶었지만, 숨 쉬는 것조차 힘들었다.

소독약 냄새가 희미하게 났다. 갈라질 대로 갈라진 울음 섞인 목소리가 내 귓가에 속삭였다.

"마루야, 많이 아프지? 걱정하지 마. 내가 바로 옆에 있어."

'여주다!'

그러나 눈을 뜰 수가 없었다. 여주가 못 견디게 보고 싶었다. 그녀가 울 땐 제일 먼저 달려가 눈물부터 훔쳐 주던 나였다. 그르렁 대는 숨소리만 목구멍으로 흘러나왔다. 축축하고 따뜻한 것이 내 콧등에 하염없이 떨어졌다. 눈물 맛이 났다.

내게 무슨 일이 생긴 게 틀림없었다. 나도 눈물이 났다.

그때, 낯선 목소리가 다가왔다.

"저… 힘드시겠지만, 지금 전신 마비 상태예요. 머리를 심하게 부딪혔습니다. 감각이 아직은 조금 있는 것 같지만, 위험한 상태라 뭐라 말씀드리기가 힘듭니다."

'마비라고? 내가 아니면 마티가?'

몸을 조심스럽게 틀어보았다. 움직일 수 없었다. 입을 조금 벌려 짖어보았다. 아무 소리도 나오지 않았다.

"마티는 어떤가요? 사고 전에 이미 다쳐있던 것 같던데…"

"지금 수술 중입니다. 다리뼈가 부서지고 여기저기 타박상이 많습니다만, 생명에 지장은 없을 것 같습니다."

'마티는 괜찮구나. 다행이다.'

심장이 요동쳤다. 내 것과 여주 것의 소리가 엉겨 붙은 채, 어디론가 빨려 들어갔다.

반쯤 열려 있는 문이 가볍게 밀렸다.

"미래야! 아휴…"

여주가 한숨을 내 쉬었다.

두 동강이 난 선풍기가 길을 막고 있었다. 집 안은 깨지고 부서진 물건으로 난장판이었다. 신발을 신은 채 바닥을 헤치며 들어오는 소리를 들었는지 미래 이모의 남자 친구가 구겨진 난닝구 차림으로 나왔다.

"아! 씨발, 뭐 이런 델 오고 그래!"

"너 왜 또 그래? 손에 피 좀 봐. 괜찮아? 미래는?"

들은 척도 하지 않고 손을 감싸 쥐고 화장실로 들어가는 그에게 잠시 길을 비켜주고는 방으로 들어갔다.

"미래야, 너…"

부어터진 입술에 이마에 피가 줄줄 흐르는 채로 그녀가 돌아다봤다.

"이게 뭐야? 저 새끼가 그랬어? 아… 진짜…"

여주는 그녀의 몰골에 말을 잇지 못했다.

"병원부터 가자."

"됐어. 쪽팔리게… 저 새끼 돌았나 봐. 미친 새끼야. 아, 씨발, 미친 새끼!"

내가 보기에도 저 새끼는 미친 새끼가 맞았다. 처음부터 그랬다. 그런데도 미래 이모는 왜 그런 놈과 헤어지지 않고 있었던 걸까?

내게도 저 정도는 아니지만, 좀 다르게 미친 새끼가 있었다.

내 원래 주인은 지금 나를 안고 있는 여주가 아니었다.

"식구가 하나 늘었나."

처음 그 집에 간 날, 밥그릇을 채워주는 할배의 손에서 한약재 냄새가 풍겨왔다. 툇마루 끝에는 약재와 약초들을 잔뜩 널어 말리고 있었다.

'한약방 할배인가 보네.'

재작년 2살이 되던 해, 나를 키워주던 노부부가 마당 있는 집을 팔고 아들 부부가 사는 아파트로 이사 가면서 약 지으러 다니는 한약방 할배에게 나를 맡겼다. 할 수 없이 나를 맡게 된 할배는 조그만 게 뭘 하겠냐면서 툇마루나 지키고 있으라고 내게 '마루'라는 이름을 붙여 주었다. 아침저녁으로 물과 먹을 것을 채워주긴 했지만, 놀아주거나 관심을 주진 않았다. 그러나 서울서 종종 내려오는 할배 아들은 좀 달랐다.

정재영. 30세. 서울에서 만화영화 그림을 그린다는 한약방 할배의 아들.

늘 작업복 차림으로 불쑥 왔다가 또 불쑥 떠나곤 했던 그는 나를 무척 예뻐했다. 그는 올 때마다 집 앞 골목에서부터 나를 부르며 들어왔다.

"마~루야, 마~루~야, 내 왔~다."

심심하게 툇마루나 어슬렁거리는 게 전부였던 당시 그의 인기척이 들리면 미친 듯이 달려 나가곤 했다. 사실 그가 아니라 누구에게라도 그랬을 테지만, 그러는 내가 기특하다며, 특별히 더 예뻐해 주곤 했다.

"내 안 보고 싶었드나?"

"마루야, 내랑 산에 안 갈래?"

"마루야, 내랑 멱 감으러 가자."

그를 따라 동네 이곳저곳을 탐험하고, 지리산 둘레길을 오르내리는 건 아주 즐거웠다.

무엇보다도 기뻤던 건, 몸 속 깊숙이 조금이라도 사냥개 조상의 피가 흐르고 있음을 알 게 된 것이었다. 그러던 어느 날, 그가 그랬다.

"마루야, 내 서울 살이 혼자 외로운 데 같이 서울 안 갈래?"

2.3층짜리 빌라들로 빽빽한 골목, 어느 대문을 열고 좁은 계단을 올라가자 그가 사는 옥탑방이 나왔다. 방 한 칸에 작은 부엌, 화장실 한 칸. 만화영화 그림을 그린다는 그는 형편이 좋아 보이지 않았다. 매일 똑같은 모습을 한 채, 조명을 밝히고 앉아 그림을 그렸다. 난 방바닥에 배를 깔고 엎드려 몇 시간이고 그림 그리고 있는 그를 기다렸다.

'이러다 내가 널 그릴 수도 있겠다'

어떨 때는 여러 날씩 집에 들어오지 않기도 했다. 그가 말했던 것처럼 서울 살이는 내게도 외로웠다. 아침저녁 빈 밥그릇을 채워주는 사람도 없었고 놀 만한 풀밭도 냇가도 털의 느낌을 다르게 만들어 주는 비도 바람도 아무것도 없었다.

이때나 저 때나 익숙한 발소리가 들릴까 귀만 내내 쫑긋거리다 배가 고프면 한 양재기 가득 부어 놓아 눅눅해진 사료를 몇 알갱이씩 주워 먹었다. 물이 떨어지면 목욕탕으로 달려가 채 마르지 않은 젖은 바닥을 찾아 핥곤 했다

그러다 그가 집에 돌아오면 미친 듯이 온몸을 뒤틀며 비명을 질렀다.

"왜 나를 이렇게 혼자 두고 다니는 거야?"

"너무 외롭다 고!"

"차라리 툇마루 밑으로 보내 줘!

그럴 때마다 그는 매번 내 머리를 쓰다듬으며 활짝 웃었다.

"내가 오니까 그래 좋나?"

"와라, 와 봐라."

'이 런 미 친… 너 같으면 좋겠 냐?'

"어머, 재영 씨. 강아지도 키워요?"

"이름이 뭐에요? 정말 이쁘게 생겼어요."

"마루? 이름도 이뻐요. 마루야, 이리와 봐."

어느 날, 그가 데려온 한 여자가 나를 부르며 두 팔을 벌렸다. 난 그녀에게 냉큼 달려가 안겼다.

나여주. 28세. 서울사람.

그가 새로 사귀기 시작한 여자 친구라는 걸 난 단번에 알 수 있었다. 가끔 집에 놀러 오는 여자들이 있긴 했지만, 그녀는 달랐다.

'웬일이래? 저런 괜찮은 여자도 사귀고…'

정재영이 다시 보이기까지 했다.

그녀는 나를 정말 특별하게 대해 주었다. 날 빼고 정재영과 둘이서만 만나는 적은 없었다. 식당엘 가도 술집엘 가도, 놀러 나가도 항상 나도 함께였다. 식당이나 술집에선 내가 들어가는 걸 싫어해 종종 쫓겨나기도 했지만, 그녀는 개의치 않았다. 그 때부터였다. 정재영이 날 홀로 둬도 더 이상 외롭지 않았던 게. 좋지만도 않은 정재영을 기다리는 걸 그만둔 게.

"야, 마루야, 나여주가 너 보고 싶다고 주말에 집으로 자꾸 온단다. 너 보고 싶다는 거 핑계 아니냐? 다 내 보고 싶어서 그런 거지. 이참에 장가 한번 가 볼까?"

어느 날 정재영이 유독 들뜬 마음으로 날 보고 실실거렸다.

그의 거시기라도 확 물어뜯고 싶었다. 분명 알 수 있었다. 그녀의 눈에 가득 차 있는 건 그가 아니라 나였다는 걸.

그녀는 아기자기하고 소소한 행복을 기대했다. 힘든 여건에도 나를 데리고 있는 정재영을 따뜻하고 착한 사람이라고 생각했다. 교육 매니저로 일하고 있었던 그녀는 정재영에 비해 훨씬 안정돼 보였다. 밝았고 자신감이 넘쳤고 목소리는 세상에 둘도 없이 따뜻했다.

그림 그리는 일이 좀 그렇다고 쳐도, 고정적인 수입도 별로 없으면서 씀씀이가 헤픈 정재영에겐 연체되어 있던 고지서가 너무 많았다. 보다 못한 여주가 자신의 월급까지 털어 그의 급한 불을 꺼주곤 했지만, 끝이 없어 보였다.

"재영 씨, 가난한 건 죄가 아니잖아. 갚을 거 있으면 빨리 갚고 계획적으로 살아보자."

"급한 게 어디서부터 어디까지야? 고지서 밀린 건 다 있지? 일단 보면서 얘기하자."

밀린 고지서를 여기저기서 꺼내 오며 면목 없어 하던 그를 그녀는 오히려 위로했다. 자기 명의로 마이너스 통장까지 만들어가며 빚을 갚아 나갔다.

그러나 다 나온 줄 알았던 수년씩 밀린 고지서가 자꾸 튀어나왔고, 그는 새로운 연체 고지서까지 끊임없이 만들어 왔다. 그러더라도 그 모르게 한숨만 작게 쉬고 말았던 그녀였는데.

어느 날 그녀가 서릿발처럼 차가운 얼굴을 하고는 그를 한방에 차버렸다. ·

"야! 정 재 영! 너 양심이 있니 없니? 내 하다하다 옛날에 사귀었던 여자 카드 값까지 갚고 있었던 거야? 너 내가 등신처럼 보여, 어?"

그녀는 들고 있던 고지서와 내역서를 그의 발 앞에 내던지며 소리쳤다.

"꺼져!"

"네 꺼 다 놓고 몸만 꺼져. 무슨 말인 진 말 안 해도 알지?"

내가 듣기에 그때 나여주의 목소리는 세상에서 제일 야무졌다.

그녀는 그렇게 나의 새 주인이 되었다.

미래 이모는 여주의 회사 동료였다. 비슷한 시기에 입사하면서 친해졌다고 했다. 여주와 그녀는 하루가 멀다 하고 퇴근 후 시간을 같이 보내곤 했다.

"안녕, 난 미래 이모다. 네가 그 팔자 늘어진 강아지냐?"

"아, 참, 너 때문에 요즘에 여주가 나랑 잘 안 논다. 네가 책임져라!"

어깨가 으쓱했다. 여주에게 내가 누구보다도 우선이라는 소리 같았다.

어느 날, 미래 이모가 여주와 나를 집에 초대했다.

"어머! 얘 누구야, 말티즈? 너두 강아지 키우는 거야? 왜 미리 말 안 했어?"

"네가 팔자 늘어진 강아지 키우면서 나랑 안 놀아 주길래 무슨 재미가 있어서 그런 건지 보려고 한 마리 주워 왔다."

"어디서? 생긴 게 주워 올 강아지는 아닌데?"

"그러냐? 야! 개새끼, 내 친구다. 거긴 네 친구겠네."

미래 이모는 대수롭지 않다는 투로 강아지를 개새끼라고 부르며 나여주와 나를 소개했다.

"이름이 뭐야?"

"그런 거 없어. 그냥 개새끼다"

처음 친구를 만났다. 나 같은 강아지 친구.

미래 이모는 여주가 부러워서 강아지를 데려왔다고 해놓곤, 정작 강아지 키우는 건 관심이 없었다. 사료도 없이 갑자기 데려와서 여주가 내 사료를 임시로 나눠줬다.

미래 이모는 밤엔 대부분 술을 마셨고 그때마다 울다가 잠들었다.

어려서 부모님이 이혼한 후, 친척 집에 버려두다시피 해서 온갖 구박과 폭력을 당하며 자랐다고 했다. 참다 참다 고등학생이 되자, 재혼해서 살고 있는 친부를 찾아가 담판을 지었다. 죽을 때까지 그에게 더 이상의 어떤 요구도 하지 않는다는 조건으로 몇 년간의 유학 비용을 지원받았고 바로 영국으로 떠났다. 정신적으로 받은 상처가 깊어 학업에 집중하기 어려웠지만, 복지가 좋은 그곳에서 지원해 준 지속적인 상담이 그녀를 살게 했다고 했다. 그러나 술을 마시고 나면 속수무책이었다. 마음속 깊이 고통 받고 있는 어린 그녀가 늘 다 자란 그녀를 통곡하게 했다.

그녀에게 새 남자 친구가 생긴 후에는 더 늦게까지 둘이 함께 술을 마셨고 서로 욕설로 싸우다가 한참을 사랑을 나누고 역시 울다가 잠이 들곤 했다고 전해 들었다.

미래 이모 남자 친구 이규원은 전 주인 정재영의 후배였다. 여주가 정재영과 사귈 때, 미래 이모와 이규원이 몇 번 같이 어울렸다. 그때 둘이 알아서 눈이 맞았다고 얘기하는 걸 들었다.

그는 술에 취하기만 하면 욕설이었고, 자기 말을 들어주지 않는다고 온갖 물건들을 다 때려 부수기도 했다. 다음 날 술이 깨고 나면 자책했고 물건들을 다 정리하고 말도 잘 듣는다면서 미래 이모가 푸념하는 소리를 종종 했다.

그도 내 전 주인처럼 만화영화 그림을 그렸다. 시작한 지 얼마 되지 않아 쎄빠지게 그려도 몇 푼 쥐어지는 게 없다고 늘 불평했다. 미래이모네 집도 비가 조금만 많이 오면 물이 차는 반지하 집이었는데, 그는 그런 집조차 없어서 막 결혼한 형 집에 얹혀살다가 형수의 눈치가 보여 회사 한편에 라쿠라쿠를 펴 놓고 대충 생활했다. 미래이모와 눈이 맞은 후 자연스럽게 그녀의 집으로 들어와 살았다.

내 친구 강아지는 그 후에도 계속 이름이 없었다. 아무도 놀아주지도 않았다. 집구석 한편에서 하루 종일 눈알을 굴리며 미래이모나 그녀가 데리고 오는 사람들을 지켜보는 게 다였다.

가끔씩 나와 여주가 가면, 그 까아만 눈동자에 눈물을 가득 머금고 그간 자기가 보고 들은 이야기를 해주곤 했다.

"미래이모가 어느 날 데리고 온 남자가 있었어. 둘이 엄청 친해 보였어. 그런데 그 사람까지 날 개새끼라고 부르며 무섭게 했어. 다정하게 부르면서 오라고 해서 혹시나 하고 가면, 그때마다 개새끼라고 욕하고 내 머리를 때리면서 호통을 쳤어."

예쁘기만 한 강아지에게 고작 개새끼라는 이름이라니. 털은 또 어떻고. 곱슬 거리는 하얀 털이 빛에 반사되면 정말 아름다웠다.

그는 나보다 한참 어린 나이였기에 어떻게 하다가 미래 이모
네 집으로 오게 되었는지도 잘 몰랐다.

"너무 무서워. 너랑 같이 너희 집에 가면 안 돼?"

미래 이모는 여주가 자기 강아지를 데려가는 건 싫다고 분명
히 했다. 나와 여주는 내 친구를 개새끼라고 부를 순 없어서
'마티'라는 이름을 지어 주었다. 구석진 곳에 작은 담요를 깔아
주었고, 무서울 땐 안 보이는 곳에 숨을 수 있게도 해주었다.

나와 여주가 갈 때마다 자기가 얼마나 무섭고 슬픈지 이야기
하는 마티를 여주는 몹시 안타까워하고 불쌍히 여겼다. 매일
매일 얼마나 우는지 그의 눈 밑엔 눈물 자국이 지워질 날이 없
었다. 미래 이모와 이규원에게는 그 눈물 자국도 구박의 빌미
였지만.

오늘도

'카톡' '카톡' 연달아 울리는 핸드폰을 열어본 여주가 크게
한 숨을 쉬었다.

또 한바탕 난리가 났다는 걸 직감했다.

여주가 급하게 전화를 해보았으나 연결이 되지 않았다. 문자
를 연속해서 남겨 놓고는 익숙하게 내 앞에 캐리어를 내려놓았
다. 늘 그랬던 것처럼 가방을 벌려 들어가 앉자, 여주가 그 가
방을 매고 약간의 간식을 챙겨 나왔다.

미래 이모는 강한 사람이었다. 오늘도 큰일을 당했으면서,
대수롭지 않은 듯이 말했다.

"맞는 건 이제 이골이 나서 무섭지도 않아. 오늘은 저 새끼
가 칼을 들고 덤벼서…"

나는 끙끙거리며 여주의 품에서 벗어나 마티를 찾았다. 온 집안에 그의 냄새였지만 정작 그는 보이지 않았다. 부엌 싱크대 앞에서 냄새가 더 많이 나서 코를 대보았을 때 머리가 핑그르 돌았다.

'피…?'

마티가 흘린 것 같았다. 핏자국이 현관문을 따라 밖으로 나 있었다. 걱정됐다.

'다친 거야? 어떻게 된 거야?'

"미래야, 강아지 어딨어?"

"없어? 아까 여기 있었는데…"

"아까 저 새끼가 날 죽일 것 같아서 막 소릴 질렀는데… 겁도 없이 개새끼가 막 짖으면서 저 새끼한테 대들더라고. 발에 차여서 나가떨어진 거 같았는데… 저 새낀 지 다리 물었다면서 열 받아서 죽여 버린다고 막 쫓아갔는데. 그다음엔 잘 모르겠어."

미래이모는 부엌 싱크대 앞을 힐끔 보고는 다시 표정을 바꾸며 화장용 거울을 가져다 놓았다.

"저 새끼랑 정말 끝이야. 아 뇨 진짜 이걸 어떡해."

나는 여주와 집 밖, 대문 밖 그리고 골목 여기저기를 다 뒤지고 다녔다. 내 피 속에 남아있는 사냥개의 본능을 힘껏 끌어올리며…

기억이 살아나고 있다고 느낄 무렵 숨이 가빠왔다.

불안정하게 요동치다 가라앉기를 거듭하며 흘러나오는 거친 숨소리에 여주는 발을 동동 굴렸다.

"마루야… 미안해. 정말 미안해."

"심장이 잘 뛰지 않는 것 같아. 어떡해."

"마루야."

여주는 나를 조심스럽게 들어 품에 꼭 끼워 안고 얼굴을 부벼 주었다. 내가 제일 좋아하는 스킨십이었다.

여주와 함께 살게 되면서 난 더 이상 갇힌 채 누구를 기다리거나 눅눅해진 사료를 주워 먹거나 물이 없어 목욕탕 바닥을 핥지 않아도 되었다. 매일 아침 여주는 나를 품 안에 꼭 끼워 안고 내 뺨에 코를 박거나 발가락에 코를 대고 킁킁거렸다.

"아, 이 꼬리꼬리한 냄새. 너무 좋아."

그런 사랑이 말도 못하게 좋아 간질이는 그녀 얼굴을 마구 핥다 보면 여주는 항상 먼저 항복했다.

"아 그만, 그만. 마루 네가 이겼어."

그러다 곧장 돌변해 내 겨드랑이를 간지럽히며 나를 KO시키곤 했다.

가슴 벅찬 행복이었다. 언제 죽어도 여한이 없다고 생각했다. 그러나 막상 이런 행복을 더 이상 누릴 수 없다고 생각하니 가슴이 미어졌다.

낯선 목소리가 다시 들렸다.

"마티 보호자님, 마티 수술 잘 끝나고 마취 깨는 중이에요. 잠깐 와보실 수 있을까요."

여주의 품에 안긴 채 나도 같이 마티를 보러 갔다.

"마티, 마티, 힘들었지. 잘 해냈어. 이제 괜찮아. 고마워."

아직 어지러운 지 머리를 힘겹게 가누고 있는 마티의 얼굴을 쓰다듬어 주며, 내가 하고 싶은 말을 여주가 똑같이 했다. 난 마티에게 하고 싶은 말이 더 있었다. 있는 힘을 다해 여주의 품에서 마티에게로 고개를 돌렸다.

"마티, 내가 시간이 없어. 많이 힘들겠지만, 내 말 꼭 잘 들어."

그가 어지러워 하면서도 나에게 귀를 열고 있다는 게 느껴졌다.

"여주는 아침에 얼굴 부비고 간지럼 태우고 장난치는 거 좋아해. 너 간지럼 안타도 간지럼 타는 것처럼 장난쳐 줘. 할 수 있지?"

무슨 소리냐고 묻고 싶어 하는 그에게 대답 대신 계속 말을 이어갔다.

"여주가 자다가 가끔 가위에 눌려. 깨어나고 싶어도 말도 안 나오고 손가락 하나 까딱하지 못해서 바로 옆에서 자고 있는 나도 못 깨워. 자다가 숨소리가 평소와 다르게 가빠지고 잠꼬대하는 것 같으면 꼭 여주를 깨워. 최대한 빨리."

"마티, 네가 있어서 다행이야 고마워."

마티는 그제야 괴로운 듯 눈물을 쏟았다. 말을 채 하지 못했지만, 느낄 수 있었다. 나에게 어떤 마음이었는지.

"널 원망하지 않아. 너라도 그랬을 거니까."

마지막으로 마티의 눈물을 닦아주었다. 미래이모네 집에서 그가 울 때, 내가 늘 그랬던 것처럼.

"울지 마. 이젠 네가 나 대신 여주의 눈물을 닦아줘야 해."

나조차도 감당하기 힘든 이별이었다. 그러나 혼자 남겨지는 여주를 지켜줄 마티를 위해, 할 수 있는 한 최대한 차분하게 이별을 전했다.

피곤함이 몰려왔다. 더 이상 스스로 몸을 가누기가 힘들었다. 여주의 품으로 내 몸이 녹아내렸다.

"선생님, 선생님!"

"우리 마루 좀 살려주세요!"
"마루야, 마루! 심장이 또 안 뛰는 것 같아. 어떡해. 흑흑"

혼미했지만 내 얼굴을 타고 흘러내리는 여주의 뜨거운 눈물
이 느껴졌다. 여주와 함께했던 모든 것들을 이젠 더 이상 함께
할 수 없게 됐다. 이렇게라도 그녀 곁에 더 있고 싶었지만, 가
야 할 시간이 다 된 듯했다.
'여주야 울지 마.'
"안 돼. 가지 마, 마루야. 싫어. 너 없으면 안 돼. 안 돼."
낯선 손길이 내 몸을 부축해 눕혀주었다.
"수의사로서 해 드릴 게 없어서 정말 죄송합니다…"
"심장 발작이 계속 올 거 같아요. 편하게 갈 수 있게 결정을
내리셔야 할 것 같습니다."

.

.

"울고 있어요. 숨도 제대로 못 쉬어요… 더 이상 못 잡고 있
겠어요… 이제 그만… 보내…주…세요… 흑흑"
여주는 목소리를 간신히 추스르며 내 얼굴을 감싸 안고 속삭
였다.
"마루야, 마루… 내게 와줘서 고마워…. 이렇게 아프게 해서
정말 미안해… 이제 애 안 써도 돼. 편히 있어. 괜찮아."
여주는 가쁘게 숨을 몰아쉬고 있는 내 온몸을 정성스럽게 쓸
어내리기 시작했다. 사그라지던 감각들이 마지막 사력을 다해
그녀의 손을 타고 흘러내렸다. 나와 닿는 그녀의 손바닥 세포
하나하나에 나의 모든 것이 박히는 것 같았다.

"마루, 무지개 너머 세상 끝에 천국으로 가는 문이 있는데, 주인보다 먼저 떠난 친구들이 그 문 앞에 다 모여 있데. 천국에 들어가면 여기 기억이 다 지워지니까, 따로 들어가면 서로 기억하지 못할까 봐, 주인이랑 같이 들어가려고 기다리는 거래. 우리 거기서 만나자. 내가 꼭 갈게. 기다려. 꼭!"

꼭 갈 테니 거기서 기다리라는 그녀의 말은 세상에서 제일 슬픈 목소리였다. 그러나 곧 고통에서 벗어난 후, 내가 어디로 가야 하는지 무엇을 해야 하는지 명확히 알려주는 힘 있는 목소리이기도 했다. 이제야 마음이 놓였다. 그녀를 홀로 두고 떠나는 게 죽는 것보다 더 견딜 수 없었는데 이제 다시 그녀를 기다리면 됐다.

사르르, 주사약이 혈관을 타고 들어왔다. 깊은 잠에 빠져들면, 심장을 멈추는 주사약이 나의 고통을 영원히 멈춰줄 것이었다.

더 이상 아프지 않았다. 온몸이 가볍고 자유로웠다.

그러나 아직 흐느끼고 있는 여주를 거기에 두고 떠날 수 없었다. 그녀의 손끝으로 다가갔다. 서로 다른 공간에 존재하기에 닿아도 닿을 수 없었지만, 조금 전까지 내 몸을 쓸며 내 온몸을 모두 기억하려 한 손이었다. 여주의 손끝에 내 몸이 닿는 걸 한 번이라도 느낀다면 여주가 그만 슬픔을 거두고 일상으로 돌아갈 수 있을 것 같았다.

엎어지고 자빠지고 뒹굴기를 수십 번, 아무리 해도 여주의 공간과 나의 공간은 닿지 못하는 것 같았다. 그게 당연했으니까. 낙심하며 일어서려는 순간, 등을 따라 엉덩이와 다리까지 익숙한 기운이 찰나로 스쳤다. 여주는 그렇게 나를 쓰다듬어

주는 것을 좋아했다. 틀림없는 여주의 손길이었다.

여주가 눈물을 거두고 두 손을 모아 쥐는 게 보였다.

같은 느낌이었을 것이다. 그 찰나의 느낌이 나와 여주에겐 영원이 될 것이었다.

여주는 나의 몸을 소중히 안고 내 몸을 보내주러 갔다. 깨끗하게 닦아 삼베옷을 입히고 국화꽃으로 장식해 주었다. 내 몸을 앞에 두고 간단한 장례식을 치렀다. 여주는 내가 얼마나 멋진 친구이자 가족이었는지 슬프게 이야기하면서도, 천국의 문 앞에서 기다리는 나를 다시 만나는 날까지 씩씩하게 잘 지내겠다고 다짐해 주었다.

내 몸은 작은 구슬 속에 담겨 돌아왔다. 여주는 그렁그렁한 눈물을 훔치며 그것들을 민트 화분 위에 놓아주었다.

"알지? 민트가 내 탄생화라는 거. 마티도 나도 널 항상 기억할 게."

"잘 가, 마루."

마티가 여주 곁을 지키고 있었다. 그 재수 없는 새끼가 칼을 들고 설쳤을 때 미래이모를 구하겠다고 대들었던 용감한 친구. 이제는 그가 여주를 지키고 위로할 것이었다.

'네가 있어서 맘이 놓여.'

'잘 있어, 내 용감한 친구'

미래이모는 모든 게 다 지긋지긋하다며 갑자기 오지로 떠나 버렸다. 자길 찾지 말라는 메시지를 남기고. 죽으러 가는 건 아니니까 걱정 말라는 추신도 남겼다.

'거기가 지긋지긋해지면 다시 여주 곁으로 돌아올 거지?'

찌질했던 정재영은 외롭고 힘든 서울 살이를 접고 고향으로
내려가 할배 한약방 일을 배우며 새로운 인생을 시작했다.
'잘 생각했네. 툇마루는 이제 네가 지키는 거다'

궁금하지도 않은 이규원은 기억에서 모두 지웠다.
'다시 눈에 띄기만 해봐라.'

여주의 집에서 보았던 민트가 수많은 연보랏빛 꽃을 피워 시
원한 향기를 품으며 나와 동행해 주었다. 저 멀리 위에선 형형
색색 황홀한 불꽃이 터지고 있었다. 이별의 인사인지 환영의
인사인지 잘 알 순 없었지만, 어느덧 내 마음도 함께 터지고
있었다.

"저렇게 형형색색 터지는 불꽃이 무지개에 반사되면 천국에
서도 불꽃을 볼 수 있데. 남아 있는 사람과 떠난 사람이 같은
불꽃을 보며 교감할 수 있다는 게 정말 근사하지 않아?"
언젠가 불꽃놀이를 보러 갔을 때, 소리에 놀라 부들부들 떠
는 날 꼭 안아 주며 여주는 그렇게 속삭여 주었다.

그녀도 함께 보고 있을 클라이맥스 불꽃이 휘몰아칠 때 난
다시 돌아갈 수 없는 무지개다리를 건넜다.

꿈에서도 그리운 여주를 이곳에서 만나기로 했다.

너를 기억하는 세상 끝에서…
.
.

금방 오지는 마.
.
.

천국의 문 앞에선
누구도 심심하지 않으니까.

당신의 사랑은,

파 하 비

파하비

파란 하늘에 비행기

파란 하늘을 가로지르는 비행기를 보면서 끄적이는 것을 좋아하던 아이가 어느새 바쁘게 사는 어른이 되었다. 일상에 지쳐갈 무렵에는 꿈도 없고, 좋아하던 모든 것들을 잊은 채 무채색 삶을 살아가고 있었다. 피로한 일상을 버리고, 진정한 "나"를 찾기 위해 내려온 제주에서 "글 쓰는 사람"에 도전하게 되었고, 그 꿈의 시작이었던 파란 하늘에 비행기를 떠올린다. 중력을 이겨내고 자유롭게 떠나고 돌아오는 비행기처럼 내 모든 것들도 푸르른 하늘을 가로질러 날아갔으면 좋겠다.

온영(溫煐), 햇살처럼 밝고 따듯하다.

　여름 내내 푹푹 찌던 숨 막히는 도시에 이제는 간간이 시원한 바람이 불어오기 시작할 때였다.
　"온영아, 나야."
　그다. 내 삶의 유일한 빛이었던 윤휘 오빠. 그가 나를 다시부른다. 8년 만에 듣는 목소리에 저 깊고 깊은 바닷속에서부터무언가가 힘겹게 올라오고 있었다.
　"보고 싶다, 온영아."
　갑자기 가슴 한편이 찌릿했다. 쿵. 쿵. 멈췄던 심장은 다시뛰기 시작한다. 애써 누르고 있었던 그리움이 솟구쳐 올라왔다. 이제는 깊은 바다가 아닌 배꼽 아래에서 자꾸만 '퐁', '퐁'하고 기포가 터진다. 나도 지금 당장 달려가고 싶다. 하지만버림당한 상처 때문일까, 괜히 자존심이 상했다. 이 마음을 결코 들키고 싶지 않았다. 숨을 깊게 들이마셨다.
　"오랜만이야, 오빠."
　무미건조하게 대답했지만 미세한 떨림은 감출 수가 없었다.
　"온영아."
　그의 다정한 목소리가 다시금 울렸다. 내 이름이 이렇게나따스한지 몰랐다. 잿빛 방안이 서서히 주황빛으로 물들어 가더니 구름 사이에 갇혔던 해가 밝은 빛을 내며 들어왔다. 눈이부셨다. 앞이 보이지 않았다. 빛 속으로 쭉 빨려 들어가는 것만 같았다.
　그가 불러주는 내 이름, 온영. 내가 자란 보육원의 그레이스수녀님이 햇살처럼 밝고 따뜻한 아이로 자라라고 지어주신 이름이다. 하지만 세상은 내 뜻대로 되지 않았다. 보육원을 나오

고 온전히 혼자 세상에 발을 디딜 때, 앞이 막막했다. 불안했
고 무서웠다.

혼자서 산다는 건 참 힘들었다. 천사원에 살 때도 스스로 모
든 것을 해결해야만 했지만, '함께'와 '혼자'는 생각보다 많이
달랐다. 옆에 의지가 되는 누군가가 있다는 것만으로 큰 위로
가 될 줄 몰랐다. 컴컴한 집에 들어와 불을 켜는 것조차 버거
운 날들이 점점 늘어났다. 공부하며 일하느라 친구들과 친해질
새도 없었다.

"너는 놀자고 하면 늘 바쁘다고 하더라? 우리가 싫으면 그냥
싫다고 해. 그렇게 빙빙 돌려서 변명하지 말고! 그게 더 기분
나쁘거든!"

그게 아니야. 난 부모님이 없어. 먹고사는 걸 스스로 해결해
야 한단 말이야. 나도 너희와 함께 노는 20살의 평범한 여학생
이길 원해…. 목구멍에서 올라오는 말을 겨우 참았다. 백 번
천 번 내 속마음을 꺼내어 얘기해봤자 겪지 못했던 일을 진심
으로 공감하고 이해해 주는 친구는 지금까지 한 명도 없었다.
그걸 알기에 점점 말수가 줄어들었고 얼굴에서는 웃음이 사라
져만 갔다. 밝은 내가 사라지고 어느 새 어둡고 무뚝뚝한 나만
남았다. 주위에는 마음 나눌 친구도 없이 외톨이마냥 혼자 남
은 섬이 되었다.

졸업하고 사회에 나와도 크게 달라질 건 없었다. 작은 사회
인 대학에서 큰 사회인 회사로 배경만 바뀌었을 뿐이다. 사실,
은근히 기대했던 것 같다. 갓 성인이 된 학교 사람들보다는 삶
을 경험한 자들이 좀 더 너그럽고 이해심이 많을 거라고, 나를
받아주고 인정해 줄 수 있을 거라고 생각했었다. 하지만 세상
은 녹록치 않았다. 오히려 더 외로움을 느끼게 되었다. 무리마
다 비슷한 사람들끼리 뭉쳐서 그들만의 리그를 만들었다. 백그

라운드 하나 없는 내가 낄 수 있는 자리는 없었다.

30살이 된 내가 날고 기는 동료들을 제치고 초고속 승진을 할 수 있었던 건 어쩌면 함께 마음을 나눌 사람이 없었기 때문이지 싶다. 정성과 시간을 들일 사람이 없으니, 공부와 프로젝트 성과에만 매진 할 수 있었으니까. 하지만 마음속은 늘 어두움으로 가득 차고 얼굴에는 그림자가 졌다. 해는 어디에도 보이지가 않았다. 외롭고 쓸쓸하고 무미건조한 삶만 반복되고, 내 주위의 사람들은 점차 줄어들었다.

하루를 쪼개어 살며 일에만 매진하던 어느 날이었다. 내가 속한 기술혁신 TF팀에서 한국 최대 규모의 기술혁신 컨퍼런스에 참가하게 되었다. 중소기업 참가팀으로서 자부심을 가지고 컨퍼런스에 참가한 마지막 날, 우리나라 1위 기업인 금산전자의 발표만 남았다. 심지어 32살의 영 앤 스마트한 핵심 엔지니어가 피날레를 장식한다고 하니 차세대 리더라며 주위에서 수군거렸다.

차츰 단상으로 큰 키의 사내가 성큼성큼 올라왔다. 갑자기 주위가 고요해졌다. 살짝 찢어져서 매섭다고 하는 내 눈이 갑자기 번쩍 뜨였다. 쿵, 쿵, 쿵. 빠르게 심장이 뛰었다. 무슨 일이 벌어지고 있는지 모르겠다. 이런 적이 없었는데… 인자하신 그레이스 수녀님이 일 년에 한 번 정도 화내실 때 외엔 처음 겪는 일이다. 혼나는 것도 아닌데 왜 그럴까? 심장이 이상해진 것만 같았다. 게다가 눈은 계속 그를 쫓고 있었다.

그는 아무리 봐도 잘생기고 멋진 얼굴은 아니었다. 그냥 흔히 볼 법한 교회오빠와 같은 선한 이미지일 뿐인데 시선을 떼지 못했다. 부드러우면서도 신뢰감 가득한 목소리가 울려 펴졌다. 단호한 모습으로 프레젠테이션을 하다가도 가끔 밝은 미소를 지으며 청중을 돌아볼 때는 숨이 턱 막혔다. 아이돌에게 빠져서 정신 못 차리는 기분인 듯 했다. 내 입이 반쯤 벌린 채 그를 계속 쫓고 있었다. 나에게도 이런 말랑말랑한 감정이 있었구나. 처음 알았다.

그날 저녁, 컨퍼런스 참가자들을 위한 만찬회가 열렸다. 평소와 다르게 한껏 꾸미고 싶었으나, 무채색으로 사는 내가 준비한 것들로는 턱도 없었다. 화려한 옷차림 속에 수수한 정장을 입은 내 모습이 조금은 처량했다. 나도 모르게 어깨가 움츠려 들었다. 허리를 꼿꼿하게 세우려고 아무리 애써도 쉽사리 되지 않았다. 그때였다.

"여~ 지 과장! 이런 데서 다 보네? 아니 자네 여긴 어떻게 들어왔대? 그 차림으로도 입장시켜주던가? 크크큭!"
싫다. 고객사 배독전기의 최 부장이다. 평소에 우리 직원들에게 힘한 일 맡기고 골탕 먹이고 질 나쁘게 굴어서 한번 들이받았던 적이 있었다. 그 사건이 소문나서 사내 징계를 받고, 그 이후로 마주치기만 하면 얼굴이 붉으락푸르락하며 이를 갈더니 오늘 복수하기 딱 좋은 날로 보였나보다.

"아! 맞다. 서빙하는 사람인 줄 알고 들여보내 줬나보구나? 아니면 어떻게 들어왔겠어? 크크큭! 깐깐하던 지마녀가 여기서는 아주 하급 시녀 같아 보이는군. 크크큭!"

나이를 헛먹었는지 유치하기 짝이 없다. 갑자기 주위가 술렁이면서 사람들이 주목하기 시작했다. 시선이 느껴졌을 때, 나도 모르게 허리가 꼿꼿해졌다. 퓨즈가 끊어졌다.

"최 부장님, 지금 무슨 소리 하시는 거예요? 분명 지난번에 제가 경고 드렸을 텐데요?"

"야! 이 지랄마녀가 어디서 큰소리야? 이게 아주 고객사를 물로 보고! 여기서 망신당하고 싶어서 그래?"

그럼 그렇지, 교양머리 따위는 없는 최 부장이지. 이미 이성

98

을 잃은 나는 더 쏘아붙이려고 입을 달싹이는 찰나였다.

"최 부장님 아니세요? 이야~ 잘 지내셨죠! 여기서 만나네요. 최근에 배독전기 R&D팀에서 협력사 사원을 운전기사처럼 부려먹다가 걸린 직원 때문에 난리가 났다면서요? 그 일 수습하느라 정말 고생 많으셨다고 들었는데, 팀원을 이다지도 아끼시는 부장님인지 몰라 뵈었습니다. 하하하"

그였다. 다시 심장이 쿵. 쿵. 쿵. 쿵. 거렸다. 지금 도와준 거 맞지? 하마터면 이성을 잃고 고객사도 날리고 직장도 함께 날릴 뻔한 상황이었다. 정신이 나간 듯 멍하게 있으니 그가 다시 말을 걸었다.

"그런데 부장님, 이분은 누구세요? 소개 좀 시켜주세요"

"아이고, 이 차장! 이분은 무슨~ 여기는 너어무 조그만 회사라 자네가 알 필요도 없는 곳이야."

"그래도 부장님, 여기 이렇게 큰 컨퍼런스에서 뵈었는데 작은 회사라도 통성명은 시켜주십시오. 하하하하"

"머, 크음… 이차장이 그렇게까지 말한다면야… 이봐! 지 과장, 자네가 직접 인사하게."

참나, 이것도 배울 만큼 배운 자의 매너인 거냐. 아주 개 쓰레기가 따로 없다.

"처음 뵙겠습니다. 강소엔지니어링의 기술혁신 TF팀의 지온영입니다."

까칠한 말투와 달리 손이 살짝 떨리면서 명함을 내밀었다.

"안녕하세요. 금산전자 신기술 사업부의 이윤휘라고 합니다. 만나 뵙게 되어 영광입니다."

그가 명함을 내밀면서 다른 손으로는 악수를 청하였다. 마주한 손은 따뜻했다. 마치 그레이스 수녀님의 손과 같았다. 온기를 느끼고 있을 무렵, 그가 갑자기 손을 빼며 말하였다.

"자! 그럼 최 부장님, 저희 본부장님도 저쪽에 계시는데 같이 인사하러 가실까요? 지 과장님, 만나서 즐거웠습니다. 그럼 또."

바보 같았다. 멍하니 그 손을 잡고 있던 내가 갑자기 부끄러웠다. 설마 입을 헤벌레 벌리고 있진 않았겠지. 아까 기세 좋게 최 부장에게 덤비던 모습도 다 봤으려나? 아휴. 어디로든 숨어버리고 싶었다. 여기 더 있어봤자 아까와 같은 일이 또 벌어질 것만 같았다. 이번엔 그분께서 도와주셨지만, 또 왕자가 등장할 거란 법은 없다. 서둘러 만찬회장을 빠져나왔다. 어디선가 시원한 바람이 불어왔다. 무더운 여름이 마치 나처럼 한 풀 꺾이고 있나 보다.

띠딩.
[온영 씨, 이윤휘입니다. 어제 제가 등장해서 도움이 되셨으려나요? 답례로 커피 어떠세요?]

그였다. 이렇게 연락을 할 줄 몰랐다. 쿵. 쿵. 쿵. 쿵. 또 심장이 뛴다. 정말이지 내일은 병원을 가봐야 할 것 같다. 이렇게 밑도 끝도 없는 자신감으로 답례를 요구하는 건방진 문자에 설레다니, 심장이 고장난 게 확실하다. 후우. 후우. 후우우우. 아무도 없는 방 안인데 누가 볼세라 크게 심호흡을 세번 했다. 가만히 앉아있을 수가 없었다. 차분하고 계획적이던 내가 뭐부터 준비해야 할지 모르고 우왕좌왕 거렸다.

통유리로 이루어진 카페에 들어섰을 때, 밝은 햇살 아래서 눈부시게 웃으며 나를 맞이하는 그를 만났다. 처음 만나 어색할 법도 한데, 우리는 마치 오래된 친구처럼 아주 자연스러웠다. 그는 시종일관 다정하고 세심했다. 수다스럽기도 했지만 단 한 번도 실례가 되는 말을 하지 않았다. 나와 같으면서도 다른 사람이었다. 보이지 않는 선을 가진 사람, 선을 넘지 않지만 다정하고 세심한 사람. 처음으로 선을 넘고 싶다고 생각했다. 좀 더 친해지고 싶었고, 저 다정함이 나만을 향했으면 좋겠다.

그런 생각이 들자 어쩐지 조금 우울해졌다. 나에겐 없는 빛, 그리고 따스함을 가질 수 없다는 걸 너무 잘 알기 때문이다.

"온영 씨, 듣고 있어요? 괜찮아요?"

"네네? 그럼요."

무슨 말을 한 지도 모른 채 좋다고 대답했다. 아마 맛집 이야기를 하고 있었으니 언젠가 같이 가자고 하는 것 같았다.

"기쁘네요. 전 거절하거나 생각할 시간을 달라고 할 줄 알았거든요. 그럼 이제 온영아 라고 부를게! 온영이도 오빠라고 불러줘. 알았지? 하루라도 안 보면 안 돼! 오빠 스타일이야. 다른 건 몰라도 이것만은 온영이가 맞춰주길 바라."

"네? 갑자기 무슨 말씀이세요?"

"하하핫. 온영이 제대로 안 들었구나? 우리는 이제 약속을 따로 잡지 않아도 매일 저녁을 함께하는 사이가 되자는 거야. 서로가 서로의 안부를 궁금해하고, 아주 작은 일도 공유하려고 하고, 좋은 곳이 있으면 생각나는 그런 사이가 되면 어떻겠냐고 물었어. 온영아, 다시 물어볼게. 이런 사이가 되는 거 어떻게 생각하니? 너무 멋없긴 하다. 후후후."

멋쩍은 듯이 그가 웃었다.

할 말이 생각나지 않았다. 무슨 말인지 쉽게 이해가 되지 않아서 눈만 껌벅였다. 이 말에 내가 좋아요. 라고 한 건데, 라며 문제를 다시 곱씹었다. 어려운 수학 문제에 나도 모르게 정답을 맞춘 기분이었다. 제대로 푼 답이 맞겠지? 무의식이 낸 결론은 늘 맞다.

"네, 윤휘, 오빠."

수줍은 듯 내뱉는 내 목소리가 나도 어색하다. 이 다정함을 놓치고 싶지 않다는 마음을 들킨 것만 같아서 얼굴이 화끈거렸다. 결과가 어떻게 되었든 간에, 원하는 바를 이뤘다. 이제 매일 그를 만날 수 있다.

그와의 매일매일은 정말 즐거웠다. 그냥 다정한 선에서 그칠 줄 알았는데 만나면 만날수록 새로운 모습이 보였다. 특히 윤휘 오빠의 수다스러운 점은 정말 반전이었다. 타인들과는 인사치레 정도의 언어를 사용했다면, 나와 함께하는 시간에는 다양한 영역에서 다채로운 언어를 사용하여 나도 모르게 오빠의 이야기에 빠져들기 일쑤였다. 무료하고 적막하던 내가 오빠의 수다로 사람내음이 깃들이고 있었다. 오빠에게 눈을 뗄 수가 없었다. 나를 보며 반짝반짝 빛을 내는 남자. 나는 별빛과 같은 그를 놓칠 세라 뚫어지게 쳐다봤다. 그러면 그는 민망하다는 듯이 탁탁 손가락으로 탁자를 치면서 고개를 가로 눕히고 빤히 마주 본다. 그 모습에 난 풋! 웃음을 터뜨리고 만다. 무뚝뚝하던 내 가면은 녹아내렸고, 회색빛으로 보이던 세상이 주황빛으로 물들어 가고 있었다. 삶이 따스해지고 아름다워졌다. 행복이라는 걸 처음 알았다. 하루하루가 행복했다. 가끔은 꿈일까봐 덜컥 겁이 날 때도 있다. 꿈을 깨면 사그라질까봐, 오빠의 존재를 확인하려고 꽉 끌어안고 눈을 감기도 했다. 행복한 만큼 모든 것이 비현실로 느껴졌다.

하지만 이러한 행복의 시간은 정말 짧았다. 오빠를 만난 지 1년 정도 되었을 무렵이었다. 언제부터인가 오빠는 달라지기 시작했다. 수다스럽던 그가 점점 말수가 줄어들고 있었다. 어떤 이유인지 알 수가 없었다. 내가 무슨 실수를 했나, 나에 대한 애정이 식었나, 내가 혹시 미워졌나 새로운 사람이 생긴 건가. 언제 다시 버림받을 지도 모른다는 생각에 불안하고 초조해져만 갔다. 하지만 이별이 익숙한 나는 서서히 초조함은 내려놓았다. 오히려 갈수록 수척해지고 빛을 잃는 오빠를 보기가 힘들었다. 그는 점점 내 얼굴을 쳐다보지 못했고, 작은 일에도 예민하게 굴었다. 마치 모든 게 내 탓인 것만 같았다. 그래서였다. 갑작스러운 그의 해외파견과 유학 이야기에 나는 오히려 잘되었다 싶었다. 그가 빛을 잃는 모습은 더 이상 보고 싶지 않았기 때문이다. 사그라지던 반짝임을 다시 찾아가길 희망했다. 그가 다시 행복해졌으면 좋겠다.

그래서 헤어졌다.

한동안은 너무나 힘들었다. 그가 점점 빛을 잃어가던 모습이 꿈에 반복적으로 나타났다. 내가 그를 그렇게 만들었어. 라는 생각에서 빠져나오지 못하고 다시 어둠 속으로 빨려 들어갔다. 깊고 어두운 동굴과 같았다. 늪과도 같았다. 헤어 나오지 못했다. 생명이 존재하지 않은 기분이었다. 나는 그를 정말로 놓아주어야만 했다. 그래야 내가 숨을 쉴 수 있을 것만 같았다. 그래서 내 뜨겁게 달궈진 내 심장을 차가운 바다에 던져버렸다. 딱딱하게 굳은 심장. 심장이 뛰지 않아도, 숨은 쉴 수 있었다.

윤휘(潤輝), 반짝이는 별처럼 빛나고 윤택하다

"이번 신제품에는 타 기업과는 차별화 된 아주 획기적인 기술이 필요하다고 생각합니다. 남들보다 앞서고 그 누구도 따라올 수 없는 기술 말입니다."

"지연 대리의 아이디어가 참 좋은 것 같네요. 그 누구도 따라할 수 없는 기술. 구체적으로 어떤 기술이면 좋을까요? 혹시 생각한 게 있나요?"

신기술 사업부의 휴대폰 기술 사업팀은 타 기업보다 발 빠르게 움직여야하는 팀 중에 하나다.

"네, 차장님! 예를 들면 핸드폰의 사진 정리는 무척 귀찮은 일이 아닐 수 없습니다. 사람별로 인식하여 사진을 모아보는 기술은 어떨까 싶습니다. 그러면 사진 찾기가 쉽지 않을까요? 그리고 스케줄마다 매번 알람을 알아서 해주는 기술도 필요하구요. 대신 업무를 봐 주는 기술도 있으면 좋겠고요. 암튼 폰 하나로 모든 것이 가능할 수 있게 하는 겁니다!"

"지연 대리의 의견은 참 좋습니다. 다만, 말씀하신 이야기들은 이미 기술이 있어서 반영이 되었거나 반영 예정이거나, 혹은 너무 추상적인 기술입니다. 좋은 아이디어인데 좀 더 구체화 하고 현실을 반영할 수 있도록 다듬어 보는 것이 좋겠어요. 또 다른 의견이 없다면 오늘 회의는 이것으로 마치겠습니다. 다들 아이디어 내는 일이 쉽지 않다는 거 압니다. 힘냅시다."

답답하다. 알맹이 없는 회의를 하는 게 무슨 의미가 있나. 시장조사는 하지도 않은 채 새로운 생각이라고 지껄이냐고 소리치고 화내고 싶은 것을 겨우 참았다. 한심한 의견을 들어주고 타이르는 일에도 많은 에너지가 소비된다. 하지만 직원들에게 단 한 번도 화를 내 본 적이 없다. 보살 이윤휘. 회사에서의 내 별명이다. 가끔은 나도 내가 무섭다. 속은 이렇게나 화가 나있고 기분이 안 좋은데, 막상 튀어나오는 말은 '괜찮아요. 잘했어요. 또 노력하면 돼요.' 등등 마음에도 없는 말들이다. 솔직하게 말하기가 세상 어려운 이유를 잘 모르겠다.

그래서 그런 걸까. 삶이 무료하다. 일상은 쳇바퀴 도는 것만 같았고 새로운 것은 아무것도 없었다. 하루하루를 억지로 이어나가는 것만 같다. 매일 같은 사람들과 만나면서 거짓된 표정에 의미 없는 이야기들. 그들은 가면 쓴 내 모습만 알 지, 그 너머의 진실은 보지 못하고 보려고도 안한다. 그냥 믿고 싶은 대로만 믿을 뿐. 그렇게 하루하루를 살아갔다.

무료한 삶을 이어가던 어느 날, 컨퍼런스에서 그녀를 만났다. 업계에서 질 나쁘기로 유명한 배독전자 최 부장에게 따박따박 따지는 그녀에게 호기심이 생겼다. 최근 최 부장은 협력사 사원을 개인 운전기사 노릇 시키고 불합리한 업무를 줬다가 담당 과장이 공식적으로 문제제기하면서 일이 커졌다고 했다. 사내 감사팀으로부터 3개월간 감봉이라는 징계를 받게 되어 최 부장이 보복하려고 이를 갈고 있다 하던데, 그가 노려보는 그녀가 아마 최 부장을 고발한 협력사 과장인가 하는 생각에 눈이 반짝였다. 어떤 사람이길래 마음을 감춘 뒤 등에 비수를 꽂지 않고 정면승부를 했을까 궁금했다. 한번 생긴 호기심은 멈출 줄 몰랐다. 그러던 사이 나도 모르게 최 부장과 그녀 사이에 들어가고 있었다.

"부장님, 이분은 누구세요? 소개 좀 시켜주세요."

떨떠름한 표정의 최 부장은 절대 내 제안을 거절하지 못하리라 알고 있었다. 당연히 인사를 시키겠지. 과연 개자식답게, 개매너식의 소개였긴 하지만 미간 한번 찌푸릴 새 없었다. 그녀의 맑고 단단한 목소리에 순간 주위가 고요해져서 그녀만 보였다. 퍼뜩 정신을 차렸다. 여기서 약점이 될 만한 일을 만들 수는 없다. 마주잡은 손을 빼내던 감촉이 싫었다. 다시 만나고 싶었다. 이 감정을 정확하게 정의하고 싶었다.

문자를 보내야겠다. 어떻게 쓸까? 온영 씨, 어제 만나서 반가웠습니다? 한번 만나고 싶습니다? 언제 한번 차나 한잔 하시죠? 무슨 말을 써야 할지 감이 안 온다.

띵.

[온영 씨, 이윤휘입니다. 어제 제가 등장하여 도움이 되셨으려나요? 답례로 커피 어떠세요?]

나도 모르게 전송을 눌렀다. 평소의 나였으면 차마 쓰지 못할, 너무 일방적인 문자다.

띠딩

[연락 주셔서 감사합니다. 당연 제가 커피 사 드려야죠. 시간과 약속 정해서 알려주세요]

그녀다. 폰을 잡은 손에 땀이 났으나 문자를 보고 픽 웃음이 나며 긴장이 가셨다. 참나, 고객사 응대하시나. 서운한 감정은 잠시, 그래도 만나겠다는 게 어디인가 라며 나를 위로했다.

햇살이 가득히 들어오는 카페에서 그녀를 만났다. 다소 무뚝뚝한 이미지이지만 왠지 웃으면 햇살을 닮았을 것 같아서였다. 그녀가 보이자 나도 모르게 미소를 지었다. 어떤 사람일까 기대감도 있었다.

그녀는 특별했다. 다소 말이 없는 그녀 덕에 혼자서 끊임없이 이야기를 이어갔지만 힘들지 않았다. 보통 대화는 형식적인 리액션들이 따라주기 마련인데, 그녀는 전혀 없었다. 무미건조함이 매력이랄까. 하지만 오히려 마음이 가벼웠다. 리액션이 좋을수록 늘 대화에 부담이 갔고, 대화를 이어가야 한다는 강박에 가식적인 이야기들만 늘어놓기 일쑤였기 때문이다. 단호하고 깔끔한 어투의 그녀는 오히려 나를 편안하게 만들어주었다. 간간이 내 말에 눈이 반달로 휘면서 꺄르르 웃어 줄 때는 숨이 멎는 듯했다. 햇살처럼 눈이 부셨다. 그 모습이 계속 보고 싶어서 나도 모르게 말이 많아졌다. 몸에 뜨거운 피가 흐르는 기분이었다. 생기가 돌기 시작했다. 무료했던 나에게 활력을 불어주었다.

그녀의 단호한 말투, 반짝이는 눈빛이며 은근히 나를 쳐다보는 시선에 가슴속에서 아지랑이가 피어올랐다. 두근거리는 느낌이 익숙지 않아서 아무렇지 않은 척하기가 힘들었다. 손마저 미세하게 떨리고 있었음을 그녀는 알까. 나도 모르게 딱 따닥 딱 따닥 손가락으로 탁자를 쳤다. 긴장감이 극도로 올라왔다는 신호이다. 입을 달싹였다.

"온영 씨, 나랑 한번 만나보는 거 어때요?"

신중하지 못할 정도로 직설적인 말을 뱉었다. 너무 긴장해서 숨 쉬는 것조차 잊었다. 하지만 그녀는 대답이 없었다. 초조했다.

"온영 씨, 듣고 있어요? 괜찮아요?."

그녀가 당황했는지 눈빛이 흔들렸다.

"네네? 그럼요."

이 기회를 놓칠 내가 아니다. 무슨 말을 했는지도 모른 채 그럼요, Yes 라고 뱉은 듯 했다.

"기쁘네요. 그럼 이제 '온영아' 라고 부를게! 온영이도 오빠라고 불러줘. 하루라도 안 보면 안 돼! 오빠 스타일이야."

평소의 나와는 다르게 밀어붙였다. 이미 벌어진 일, 빠르게 추진하면 그만이다.

그녀가 오빠라고 불렀다. '좋아요'보다 더 기분이 좋았다. 초조함이 가셨다. 이제는 초조해 질 필요가 없다. 하루하루 시간을 쌓다 보면 서로에게 익숙해질 것이고 나는 그녀의 햇살 같은 미소를 매일 볼 수 있으니까. 우리에게 어둠은 없을 것이라고 자신했다.

우리는 매일 저녁 만났다. 무슨 할 말이 많은지 쉬는 날도 없이 매일 만났다. 가끔 둘이 어깨를 기대고 있기만 하여도 어색하지 않고 안정감을 느낄 수 있을 정도로 서로에게 익숙해졌다. 맞춤옷처럼 나를 편안하게 만들어 주는 유일한 사람, 하루의 마무리는 온영이 있어야만 가능했다. 온영이 없는 삶은 이제 기억도 나지 않는다. 점점 그녀와 떨어져 있는 시간이 아까워졌다. 약속을 정하지 않더라도 언제든지 만날 수 있는 사이, 매일 같이 있을 수 있는 사이, 온전히 너와 내가 서로에게 소속되어있음을 알려줄 수 있는 서류로 묶여있는 존재가 되고 싶었다. 손으로 잡은 햇살이 새어 나오듯 그녀의 진가를 누가 알아볼까봐 하루 빨리 내 것으로 한다는 강박이 생겼다. 시간이 없다. 시한부 선고를 받은 것도 아닌데 다시 조급해졌다.

제일 먼저, 늘 내 편이 되어주시는 부모님. 그들을 설득해야만 한다. 한없이 다정한 아버지와 따뜻한 어머니는 나를 이해해주시리라. 이번에도 내 의견을 받아주시리라 믿어 의심치 않았다. 하지만 어디서부터 문제였을까? 예상과는 다르게 부모님은 심하게 반대하셨다. 심지어 온영이를 만나지도 않으셨다. 제발 한번만이라도 온영이를 만나보고 결정해달라고 아무리 애원해도 생각을 달리 해주실 마음은 없으셨다. 애초에 안 되는 건 시도도 할 필요가 없다고 잘라냈다.

시간은 하염없이 흐르고 어느 순간 나도 지쳐만 갔다. 그녀를 볼 때마다 점점 더 심장이 바다 밑으로 내려앉는 느낌이 들었다. 온영이가 결혼하자고 조른 것도 아닌데 나는 왜 그렇게 서둘렀는가. 시간을 붙잡고 싶었다. 내 감정에 내가 지쳐갔다. 쟁취하지 못하는 마음에 스스로가 나약해지는 것만 같았고, 이런 나약한 모습을 누구보다도 그녀에게 보이기 싫었다. 그즈음이었다. 아버지는 금산전자와 협력을 맺은 미국대기업으로 파견을 겸하여 못다 한 공부를 하면서 머리를 식힘이 어떠냐고 제안하셨다.

"너 아직 32살이다. 옛날과 다르게 32살이면 젊은 나이야. 네가 정말 그렇게 사랑하는 사람이라면, 시간이 흘러도 그 사랑은 변함없을 게지. 1년이 지나도 10년이 지나도, 깊은 사랑의 색은 바래지 않는다. 시간을 한번 두고 머리를 식히며 그 사랑이 얼마나 대단한지 한번 직접 느껴보아라."

"그래, 윤휘야. 엄마도 그게 좋을 거 같아. 지금 이렇게 초조해지면서 지쳐가는 것보다 한번 쉼을 가져보렴. 사랑이 깊으면 더 애틋해져서 돌아올 것이고, 그렇지 않으면 금방 식겠지. 그 증명을 할 수 있는 기회라고 생각해보는 게 어떻겠니?"

떠밀리듯 미국행을 결정한 것 같았지만, 실은 아니었다. 나도 알고 있다. 지금은 아무것도 안 된다는 것을. 그녀도 어렸고, 나도 아직 젊었다. 성급했던 내 욕심으로 부모님은 온영을 만나지도 않고 반대했고, 나 역시 그녀를 잃을 지도 모른다는 초조함으로 점점 못난 모습을 보이고 있었다. 정신이 번쩍 들었다. 이렇게 해서는 그녀 옆에 당당히 서 있을 수가 없을 것만 같았다.

온영이에게 미국행을 말할 때, 그녀는 모든 것을 알고 있는 듯한 눈빛으로 말했다. 미안하다고… 도대체 뭐가 미안할까. 도망가듯 가는 내가 미안한데 그녀가 오히려 사과했다.

109

"반짝이던 오빠가 내 옆에 있으면서 점점 빛을 잃어가는 것만 같았어. 다시 빛을 찾아 돌아와. 오빠는 충분히 해낼 거야." 그녀의 말에 가슴이 미어졌다. '미안해 온영아. 내 욕심으로 너에게 상처를 주고 말았어. 다시는 혼자가 되지 않게 하려고 내가 너무 성급하게 굴었어. 미안해. 미안해. 너에 대한 내 마음을 반드시 증명해보일게. 기다려줘. 제발…' 차마 하지 못한 말들이 입안에서 맴돌았다.

8년 뒤 어느 여름

8년 만에 처음 밟는 한국 땅. 윤휘는 큰 숨을 들이마셨다. 그녀가 있는 곳이다. 그녀의 향을 머금은 공기를 느끼고 싶었다. 윤휘는 단 하루도 잊은 적 없었다. 항상 그녀를 떠올렸고 그녀는 늘 곁에 있었다. 시간이 지날수록 기억은 점점 쇠퇴해져 가는게 아니라 더욱 또렷하게 남았고, 급기야 환청도 들리고 환각도 보이는 느낌이었다. 사랑이 맞다고 생각했다. 더 이상 증명할 가치가 없었다. 이러다가는 미칠 것만 같아서 10년을 채우지도 못한 채 돌아왔다. 그녀가 있는 한국이다.

띠리리 띠리리 띠리리, 딸각.

"네. 지온영입니다."

수천 번 듣고 싶었던 그녀 목소리,

"온영아, 나야."

윤휘는 입을 달싹였다. 대답을 기다리지만 답은 오지 않는다. 윤휘는 떨린 목소리로,

"보고 싶다, 온영아."

터질 듯한 감정을 담아 내뱉었다. '보고 싶다 온영아, 얼마나 보고 싶었는지 몰라. 이 세상에서 너만 있으면 되는 거였어. 부모님의 반대가 거세었음 그냥 인정하고 너만 바라보며 살 수 있는 거였어. 내가 정말 미안해. 보고 싶어 온영아. 만나자 제발.' 윤휘의 한마디는 이 모든 말이 담긴 함축적인 단어였음을 온영은 몰랐다.

"오랜만이야, 오빠."

다소 무미건조한 대답에 윤휘는 마음이 무너졌다. 울고 싶었다. 그래도 나를 잊지 않아서 얼마나 고마운지, 다시 만나서 다시 시간을 쌓으면 우리는 그때처럼 또 지낼 수 있을 것이다.

그렇게 믿었다.

　짧은 통화로 윤휘는 온영과 따로 약속은 하지 않았지만, 다시 만날 것이라는 걸 알고 있었다. 바로 둘이 처음 만났던 컨퍼런스에서 온영이 발표자로 참가한다는 것을 알기 때문이다. 짠 하고 컨퍼런스에 가서 그녀 앞에 나타날까도 생각했지만 미리 전화라도 해야할 것만 같았다. 물론 그때까지 기다릴 자신도 없었다. 그녀의 목소리라도 들어야만 숨이 쉬어질 것만 같았다.

　윤휘가 없는 사이에 온영은 많은 성장을 했다. 마치 모든 에너지를 일에 쏟은 것만 같았다. 온영은 직장에서 차기 임원진으로 거론될 만큼 실력이 출중한 인재로 뽑혔다. 이번 컨퍼런스에서도 중소기업이 발표하기엔 상당히 이례적이라고 할 수 있다. 역시 그녀답다고 생각했다. 첫 만남에서는 최초 중소기업 참가팀, 지금은 최초 중소기업 발표 팀이 되었다. 그 중심에는 늘 온영이 있었다. 윤휘는 이런 그녀를 사랑함에 자부심이 생겨 으쓱거리며 컨퍼런스가 열리는 제주행 비행기에 올랐다.

　이른 아침의 제주 공기는 맑았다. 바람을 타고 늦여름의 더위와 바다 내음이 함께 밀려왔다. 해가 구름에 가려졌다가 떠올랐다가를 반복하여 붉은 빛을 내었다. 어스름한 아침 하늘에 숨을 크게 들이마셨다. 온영은 윤휘의 보고 싶다는 말만 들었지 추후의 약속을 잡지 못했다.

　"나도 보고 싶은데…"

　저도 모르게 나지막이 내뱉었다.

　"누가 보고 싶은데? 설마 나? 나 맞지?"

　온영은 소스라치게 놀랐다. 어디서 나는 목소리인지 주위를

둘러보았다. 바로 뒤에서 걸어 나온 윤휘가 온영을 보고 빙그레 웃고 있었다.

"오빠! 여긴 어떻게 왔어?"

"어떻게 오긴, 온영이 네가 이번 컨퍼런스 발표자길래 당연히 올 줄 알고 아침부터 서둘러서 왔지. 근데 너도 첫 비행기를 탔을 줄은 몰랐네. 내가 참 운이 좋다. 하하하."

아. 그래서 따로 약속을 안 잡았구나. 온영은 안도의 숨을 내쉬었다.

"시간 있으면 같이 둘러보고 갈래?"

"미안해 오빠, 내일 발표 때문에 준비할 것들이 많네. 모레 아침 일정 끝난 후 아니면 시간이 없을 거 같아. 미안해…"

온영의 단호한 말에 윤휘는 당황했다.

"아니야, 나 시간 많은걸. 모레 만나자."

"그래 오빠, 미안해. 그럼 모레 컨퍼런스 일정 끝나고 만나. 먼저 갈게."

윤휘는 때마침 오는 택시를 타고 떠나버린 온영이가 너무나 야속했다. 바쁘게 살아가는 온영과는 다르게 혼자만 흐르는 세월을 붙잡고 계속 뒤돌아본 것만 같았다. 나약했던 내 의지보다는 부모님의 반대와 자라온 환경의 격차만 생각했던 거 같았다. 온영은 8년 동안 이렇게 성장하고 훨훨 날아오르는데 나는 아직 그 자리 그대로 있는 것만 같았다. 갑자기 주위가 이질적으로 보였다. 어느새 어스름했던 주위도 밝게 환해지고 파란 하늘이 드리워졌다. 무언가 뒤틀리긴 했는데 정확하게 어떤 것이라고 콕 집어 말할 수가 없었다. 조금만 더 시간을 가지고 싶었다.

'그래, 모레가 되고 다시 한번 온영이를 만나면 그때 모든 것이 명확해질 거야…'

택시를 타고 떠난 온영도 혼란스럽기는 마찬가지였다. 그렇게 사랑했던, 그렇게 보고 싶었던 오빠였다. 과장을 한다면 단 하루도 잊은 적은 없을 것이다. 하지만 온영은 어둡고 기나긴 동굴을 헤매면서도 스스로는 잃지 않았다. 해야 할 일, 해야만 하는 일, 했어야 할 일들을 순차적으로 해치웠고, 사람들에게는 정 없다는 소리를 들으면서도 확실한 선을 그을 줄 알았다. 온영이가 허락한 선만큼의 상처만 받고, 온영이 거부한 선만큼만 호의를 받았다. 인간관계와 업무가 그렇게 칼같이 잘라지진 않지만 그래도 나름 문제없이 잘 지내고 있었다. 그런 일상에 윤휘는 연못에 던진 돌처럼 파장을 일으켰다. 뭔가 무너질 것만 같았다. 그래서 더더욱 선을 긋고 도망친 걸지도 모른다.

해는 두 번 어둠으로 사라졌고, 다시 모습을 드러냈을 때, 온영과 윤휘는 제주 국제컨벤션센터에서 해수욕장이 보이는 카페로 자리를 옮겼다. 둘은 오랜 시간 동안 말없이 바다만 바라봤다. 윤휘는 차마 말이 떨어지지 않았다. 입은 달싹거렸지만 용기가 나지 않을 때, 정적을 깬 건 미동도 없이 바다만 바라보던 온영이었다.

"오빠, 저기 아래를 봐. 서핑 하는 사람, 늦여름 해수욕을 하는 사람, 따로 떨어져서 낚시를 하는 사람, 다양해."

"그러네, 위에서 내려다보니 모두가 한 번에 보인다. 다들 다양하네."

푸르른 하늘과 맞닿은 바다의 경계가 보이지 않는 중문. 패러세일링을 하는 사람들이 있는 곳은 하늘이고, 파도를 고르며 기다리는 서퍼들이 있는 곳이 바다이거니 싶었다.

"그 날 이후, 오빠는 어떤 생각이 들었어?"

"글쎄… 난 너무 후회되었어. 그때 내가 그랬으면 안 되었는데, 너를 놓으면 안 되었는데, 내가 나약해지지 않았어야 했는데… 늘 후회했어. 매일매일 그날을 떠올리며, 널 다시 만나고 내 사랑을 증명하려고 노력했어. 그리고 이렇게 다시 찾아 온 거야."

가만히 그의 지난날을 듣고 있던 온영이 입을 열었다.

"오빠, 난 우리가 많이 사랑했다고 생각해. 하지만 시간은 흘렀고 우리의 사랑은 그때만큼은 아니지 않나 싶어. 난 아직도 오빠에게 설레고 애틋한 마음도 있고 사랑하지만, 열정은 그만큼 식었어. 오빠를 사랑하는 마음보다 내 일이 더 소중하고, 내 삶이 더 소중한 시간이 되어 버린 거야. 그때의 나는 어디에도 없어."

온영은 잠시 쉬었다가 다시 말을 이어나갔다.

"오빠는 변하지 않았다고 말하고 있지만, 사실 우리는 세월이 흐르면서 모든 것이 변했어. 상황도 환경도 많은 것들이 변했지. 저기 봐. 바다는 늘 그 자리에 있다고 하지만 사실 파도는 늘 똑같지 않아. 좀 전의 파도도 지금의 파도도 같지만 달라. 나도 오빠도 변한 부분이 있을 거야. 오빠의 사랑은 사랑일 수도 있지만 되돌리고 싶은 마음의 미련이 아닐까 싶어. 그냥 그래."

"온영아, 난 이해가 잘 안 된다. 너와 내가 서로 사랑하는 건 사실이라는 거잖아? 그럼 문제가 없지 않을까?"

"문제가 되지는 않겠지만 생길 수는 있지. 지난날의 우리는 서로의 마음을 완벽하게 충족시켜주는 연인이었다면, 지금의 우리는 서로의 빈틈을 완벽하게 채워줄 수 없는 연인이 될 거라는 얘기를 하고 있는 거야. 완벽하던 우리는 세월이 지나면서 불완전해졌어. 그냥 그걸 이야기하고 있어."

윤휘는 아무리 들어도 온영의 말이 이해가 되지 않았다. 마음이 그대로인데 왜 불안전하다는 걸까. 완벽해진 그녀를 보고 더 이상 채워줄 수 있는 게 없다는 걸 알고 있었음에도 받아들이고 싶지 않았다. 윤휘는 과거 그 시간에 멈춰져 있었다. 지금 이 순간에도 과거임을 알았다. 아직도 저 먼바다에서 혼자 이상을 넘실거리기만 할 뿐, 해안가로 밀려올 용기는 갖지 못했다. 잡지 못했던 미련, 그리고 갖지 못하기에 더욱 가지고 싶은 집착임을 알고 있었지만 인정하고 싶지 않았다.

　그에 반해 온영은 해안가로 밀려온 파도였다. 처음에는 먼바다에서 넘실거렸지만, 스스로를 다독이고, 먼바다에서 만난 돌고래를 그리워하면서도 본인이 가야할 길을 찾아 떠나왔다. 파도는 파도의 일을 할 뿐, 그리움과 추억은 묻어두고 계속 밀려왔다. 줄 수 있는 파도의 높이만큼, 탈 수 있는 자들만 탈 수 있을 만큼. 딱 서로에게 필요한 만큼만 주고 넘실넘실 해안가로 와서 부서졌다. 우리가 이제 하늘과 맞닿아 있던 먼 곳의 바다가 아니라 삶의 터전으로 밀려와야 한다는 것을. 그리고 이제는 서로가 이전과 같지 않음을. 슬프게도 온영은 알고 있다.

아이스크림 라테

양 민 정

양민정

　한때 차가운 도시를 동경해 20대와 30대의 젊은 날을 그곳에서 보냈지만, 내 고향 제주의 따뜻한 품을 뒤늦게 깨닫고 귀향한 어쩔 수 없는 제주사람, 그리고 시작은 멋모르고 까불던 인생을, 결국엔 살아보니 알 것도 같은 삶의 이야기를 도시와 섬이라는 공간 안에서 찬찬히 풀어가고 싶어 하는 글쟁이

해가 유독 뜨거운 날은 그 열기에서 뿜어져 나온 '화'가 사람을 잠식해 그 사람의 하루를 소란스럽게 만든다. 급기야는 싸움을 조장해 사람을 사람에게서 떼어내려고 시도한다. 그러나 미운 정 고운 정 차곡차곡 쌓으며 살아가는 사람에게 찰나에 부서지는 허술함이 있을 리가 없다. 결코 쉽지 않을 거란 말이다.

봄, 가을이면 서서히 밝아 올, 겨울이면 어두컴컴할, 하필 여름이라 벌써 세상이 훤한 아침 7시다. 이 시간에, 해는 이미 떠서, 자동차들이 오고가는 2차선 도로를 지나, 우람하게 서 있는 한 아파트로, 뜨거운 빛을 뿌리고 있다. 지어진 지 20년은 거뜬히 넘은 흔적이 건물 곳곳에 보이는, 그 긴 세월을 고스란히 안고 있는 하광아파트! 거기 사는 사람들에게 일어났냐고, 안 일어났으면 일어나라고, 어서 빨리 밖으로 나와 자기를 봐 달라고, 해는 일찍부터 아파트 창문을 세차게 두드리고 있다.

해가 보낸 빛이 쫘아악 들어오는 안방, 그곳에서 환기가 서랍장을 뒤적이고 있다. 통통한 몸집에 동글동글한 얼굴과는 대조적으로 손놀림이 거칠다. 주방에서 프렌치토스트를 굽는 냄새 섞인 치지직 소리, 그릇을 꺼내는 달그락 소리, 컵에 우유를 따르는 쪼로록 소리가 일사불란하게 들려온다.
"시원아! 양말 없다. 못 찾겠어."
아내의 도움을 바라는 환기의 외침에 여태 들려오던 소리는 일시에 멈춰지고 뒤이어 슬리퍼 끄는 소리가 들리더니 이내 시원이 나타난다. 마른 체형에 갸름한 얼굴, 차가워 보이는 인상이다.

"양말이 없어?"

부드러운 말투 위로 귀찮아하는 표정이 없어진다.

"못 찾겠어."

"전부 빨래통에 있나봐. 빨래 못한지 좀 됐잖아."

환기의 손은 멈춰지고 이번엔 말투가 거칠어진다.

"제때 좀 하지."

"일도 바빴고, 휴가도 다녀왔고, 빨래할 시간 없었지 뭐."

서랍장 구석에서 양말 한 짝 발견한 시원이 환기에게 내민다.

"이거라도 신어."

"이거, 구멍 난 거잖아."

"할 수 없잖아. 맨발로 나갈 수도 없고."

양말을 받는 환기는 뚱한 표정이 되는데, 시원은 신경 쓰지 않고 주방을 나간다.

하광아파트 701호, 2년 전에 오래된 건물이어도 내부 리모델링을 깔끔하게 한 것이 맘에 들어 전세 계약했다는, 환기와 시원의 신혼집, 그들의 말에 의하면, 산뜻하고 설레는 공간이다. 거실은 TV와 소파, 탁자 정도만 배치해 단출하지만 웨딩사진을 소파 뒤, 벽 한가운데 걸어 포인트를 주었다. 거실 맞은편에는 주방이 있는데, 포인트는 커피를 주제로 한 유리장식장이다. 커피머신, 커피 그라인더, 커피 잔 등 단정하게 진열되어 있다.

양말을 신고 주방으로 나온 환기는 식탁 앞에 앉아 가장 먼저 하는 것이 투정이다.

"우리 여보는 참 좋겠다. 하루 더 쉬니까. 이놈의 회사는 휴가가 왜 짧은 거냐고~"

시원이 우유가 담긴 컵을 환기 앞에 놓고 의자에 앉으며 말한다.

"그럼, 카페에서 밤에도 근무하고, 주말에도 근무하고, 그러다 쉬는 직원 생기면 풀근무도 하고, 한번 해 볼래?"

환기는 토스트를 입에 물고 우걱우걱 씹으면서도 고개를 설레설레 젓는다.

식사하고 양치하고 가방을 챙기는 사이에 30분이 훅 지나갔다. 서둘러 현관으로 가는 환기 뒤를 시원이가 쪼르르 따라간다.

"오늘 뭐 할 거야?"

"간만에 집안일 좀 해 볼라고."

신발장을 여는 환기는 구두 두 켤레와 운동화 여덟 켤레 중 운동화 한 켤레를 꺼낸다.

"그냥 쉬지. 주말에 내가 하면 되는데."

"못 참을 거 같아. 바닥에 머리카락 날아다니는 것도 신경 쓰이고, 꽉 찬 빨래통도 가만두지 못하겠고…"

환기는 운동화를 신고 나서 시원이를 보더니 볼을 살짝 꼬집는다.

"하긴, 우리 깔끔이가 그냥 못 있지. 조금만 해. 하루에 다 하려고 하지 말고."

"알았으니까, 얼른 가."

"응. 다녀올게"

그리고 여느 때처럼 살랑살랑 뽀뽀로 신혼 티 팍팍 내는 환기와 시원이다.

인파로 가득한 도심, 토목, 측량, 설계, 이런 단어들이 유독 눈에 띄는 건물, 환기가 다니는 측량업체가 바로 그 건물 3층에 있다.

사무실로 들어서는 환기는 선배, 동료들에게 아침 인사를 건네며 자기 자리로 가는데, 이때 차 과장이 서류뭉치를 들고 다가온다.

"강 대리! 휴가 잘 다녀왔어?"

"네! 덕분에 잘 다녀왔습니다."

차 과장은 환기 앞에 서류를 내민다.

"이거 이번에 들어온 건인데, 다들 바빠서 이거 해 줄 사람이 강 대리뿐이네."

서류를 받아 든 환기가 묻는다.

"무슨 건인데요?"

"왜 전부터 시에서 열폭동 도로 확장한다는 얘기 있었잖아. 그거 이제 진행한다고."

순간 놀라 눈이 커지는 환기다.

"도로요? 아니 그걸 왜 지금… 할 거면 여름 지나고 하지…"

"그러게 말이다. 이 땡볕에 우리더러 죽으라 염불 외는 것도 아니고. 하여튼 빨리 해달라니까 바로 나갔다 와. 준호한테 얘기해놨으니까 데리고 가고."

"네."

서류를 살펴보지만 환기는 표정이 일그러지는 걸 멈출 수가 없다.

"이준호!"

"네!"

반사적인 대답과 동시에 사무실 입구 쪽 자리에서 이준호 사원이 벌떡 일어난다.

"장비 챙겨."

뒤돌아 창고로 향하는 준호에게 환기는 한마디를 덧붙인다.

"모자, 팔 토시, 마스크, 선크림도 챙기고. 햇볕에 타죽고 싶지 않으면."

주방에서 한참 설거지 중이던 시원은 서둘러 마무리하고 행주로 싱크대 물기를 꼼꼼히 닦아낸다. 행주를 빨아 건조대에 널어놓고 돌아서는데, 이마에 땀이 송골송골 맺혀 있다. 이제 선풍기가 있는 거실로 가려고 하는데, 주방 바닥에 떨어진 머리카락이 시원의 눈에 들어온다. 그것을 굳이 집어 쓰레기통에 버리느라 잠시 지체하는 그녀다. 다시 거실로 향하는 시원은 창가로 가서 창문을 활짝 연다. 뜨거운 햇빛이 시원의 뺨에 닿는다. 반사적으로 얼굴이 찌푸려진다.

'많이 더우려나? 할 거 많은데.'

방마다 돌아다니며 창문이란 창문은 다 열어젖힌 후, 거실 한가운데 선 시원은 부지런히 돌아가고 있는 선풍기에게 말한다.

"역시 못 참겠어. 더워도 할 건 해야겠어. 그러니 네가 날 좀 도와줘."

그러고는 미풍으로 설정한 바람세기를 약풍으로 변경한다.

땡볕이 내리쬐는 열폭동 도로 한 쪽에 봉고차 한 대 주차되어 있다. 차 안에서는 환기가 선크림을 얼굴과 팔에 덕지덕지 바르는 중이고, 차 밖에서는 준호가 측량장비를 꺼내고 있다. 준호는 모자와 팔 토시, 거기에 마스크까지 착용해 노출 부위를 최대한 줄인 모습이다.

"도로 엄청 긴데, 이거 오늘 다 할 수 있습니까?"
"다 못하지. 한 이삼일 걸리지 싶다. 하~ 근데, 벌써 덥다."
환기도 햇빛을 최대한 막아보겠다는 복장으로 차에서 내렸다. 그럼에도 땀이 생성되는 건 막지 못한다.

선풍기는 거실에서 제 할 일을 하고 있는데 시원은 거기에 있지 않다. 세탁실에서 넘쳐나는 빨래들을 세탁기에 넣고 작동시키고 있다. 이미 얼굴에 땀이 가득하다.

종종걸음으로 세탁실을 나온 시원이 이번에는 청소기를 집어든다. 거실 구석구석 먼지를 빨아들인다. 주방도 구석구석 돌아다닌다. 먼지 한 톨이라도 남기면 큰일이라도 날 것처럼 눈에 불을 켜고 돌아다닌다. 그러는 동안 얼굴의 땀은 목을 타고 흘러내린다.

측량을 시작하고 얼마 지나지 않았는데, 환기의 얼굴에서 등까지 땀으로 흥건하다. 집중하고 있어서 그런 건지, 오늘따라 유난히 뜨거운 저 태양 때문인지, 환기의 이마에 금세 큰 주름이 그려진다.
"날 제대로 잡았다. 덥고 습하고 외근하기 딱 좋은 날."
"이런 날이 좋은 날입니까?"
"좋은 날이겠냐, 신입아?"
농담인지, 진담인지, 아리송한 준호다.

청소기 들고 안방으로 향하던 시원이 멈칫하더니 이내 방향을 튼다. 선풍기 앞으로 가는 것이다. 손으로 목의 땀을 닦아내며 고민한다.

'더워도 너무 덥다. 선풍기를 들고 다닐 수도 없고. 에어컨 틀까? 아, 지금은 안 되지. 청소 중인데, 환기 시켜야지. 얼른 하고 선풍기 바람 쐬지 뭐.'

시원은 다시 안방으로 직행한다. 이쪽저쪽 눈을 굴리며 청소기를 돌리던 그녀는 또 중얼거린다.

'아이참, 머리카락은 왜 자꾸 나오는 거야?'

흘러내리는 땀 때문에 환기는 집중을 못하고 연신 손부채질이다.

"차에 손풍기 있나?"

준호는 바로 차로 가서 손풍기를 찾아 들고 온다. 그런데 표정이 어둡다.

"대리님~ 이거, 작동이 안 됩니다. 아무래도 고장난 거 같습니다."

이에 짜증이 확 올라오는 환기는 한층 더 격렬하게 손부채질한다. 마침 환기의 머리 위에 도달한 해도 덩달아 격렬하게 열기를 뿜어낸다.

"저기까지만 하고 밥 먹으러 가자. 배고프다."

"네."

"시원하게, 냉면 어때?"

준호의 얼굴이 환해진다.

"좋습니다. 대리님."

머리카락을 전부 빨아들이고 나서야 안방을 나선 시원이 그다음 향한 곳은 서재다. 환기가 주로 쓰는 그곳은 들어서자마자 그녀를 언짢게 만든다. 측량서적들과 서류들이 바닥에 널브러져 있는 것이다.

'남편님! 내가 몇 번을 말해요, 바닥에는 아무것도 내려놓지 말라고.'

신경질적으로 청소기를 내려놓고 정리하기 시작한다. 마르지 않는 땀도 시원의 몸을 지배해 손이 자꾸 더디어진다. 짜증이 나기 시작한다. 책들을 책장에 올려놓다말고 그녀는 방을 나선다.

선풍기 앞으로 급히 간 시원은 옷을 부여잡고 바람을 쐰다. 1분, 2분, 옷 속의 땀이 마르길 기다리며 발을 동동 거린다.

'오늘 왜 이렇게 더운 거야?'

하며 TV를 켜고 뉴스채널을 찾는다. 찾았다. 오늘의 날씨.

날이 갈수록 찜통더위의 기세가 더욱 강해지고 있습니다. 오전 11시를 기해, 서울 등 수도권을 비롯한 전국 곳곳에 '폭염경보'가 내려졌는데요,

오늘 서울 한낮 기온은 35도까지 크게 치솟겠고요,

특히, 중국을 향하는 태풍으로부터 뜨거운 공기가 유입되고 있어 체감온도는 더 높을 것으로 보입니다. 온열 질환이 우려되는 만큼, 더위로 인해 건강 잃지 않도록 각별히 주의해 주시기 바랍니다. 연일 찜통더위가 이어지면서, 곳곳에서 '폭염특보'가 확대, 강화되고…

에어컨이 켜진 식당, TV에서는 날씨예고가 한참인 가운데, 에어컨에서 멀지 않은 테이블에 환기와 준호가 마주 앉아 있다. 물을 벌컥벌컥 마시는 환기는 말끔히 비운 물 컵을 탁, 내려놓으며 시원해 한다.

"휴~ 이제 살 거 같다."

"낮 기온이 35도까지 올라간답니다."

"어쩐지 더워도 너무 덥다 했다."

이때, 냉면이 나온다. 환기와 준호는 젓가락을 들자마자 매섭게 달려든다. 잠시 후 배를 통통 두드리는 환기는 휴대폰을 들어 시원에게 전화한다.

"뭐해? 집 아니야? 마트? 아, 오늘 저녁밥 담당도 자기였던가?"

순간 뭔가를 기대하는 표정으로 바뀐다.

"그럼, 나 퇴근하고 집에 가면 바로 밥 먹을 수 있게 해 주나? 해주라. 이따 엄청 배고플 것 같아서 그래. 응? 닭볶음탕? 좋지! 뭐? 나?"

이번에는 어두운 표정으로 전환된다.

"외근 나왔어. 그것도 도로측량. 운도 지질이 없게, 하필, 오늘!"

마트 한 가운데, 한 손은 쇼핑카트 끌고, 한 손은 휴대폰 들고 있는 시원이 있다. 땀 한 방울 맺혀있지 않은 얼굴, 땀에 전혀 젖지 않은 옷, 한결 편안해 보이는 모습이다.

"도로 엄청 뜨겁지? 지금은 또 여름이잖아. 내가 다 화난다. 응? 장 보고 뭐할 거냐고? 집에 가야지. 괜찮아. 선풍기 하나면 돼. 참! 마트 온 김에 오빠 좋아하는 아이스크림도 왕창 사갈게. 뭐? 종류별로? 알았어. 점심은 여기 푸드 코트에서 사먹으려고. 대낮에 가스레인지 앞으로 가기는 싫어서. 응. 더위 조심하고."

시원은 전화 끊고 두리번거리더니 이내 움직인다. 그녀가 향하는 곳은 푸드 코트다.

강렬한 태양, 뜨거운 열기를 내뿜는 아스팔트, 쌩쌩 달리는 자동차, 위험천만한 거기에 환기가 있다. 한 쪽에 다시 세팅되어 있는 측량장비와 더워 지쳐도 지치다고 말하지 못하는 신입 준호와 함께. 환기도, 준호도, 옷이 땀으로 흠뻑 젖어 있다. 땀이 하염없이 흐르는 얼굴은 말할 것도 없고. 측량모니터를 들여다보는데, 땀이 시야를 자꾸 가린다. 손으로 모니터 터치하는데, 그 손 역시 축축하다.

"어후, 신경질 나. 그만할까? 그만해?"

"예?"

"그만하긴, 어떻게 그만하냐!"

환기는 목에 두르고 있던 수건을 집어 얼굴과 손을 닦고 다시 모니터를 본다. 해는 그런 환기를 더 강렬하게 쏘아본다.

"어후, 열불 나! 안 되겠다. 잠깐 쉬자."

"네."

"차에 에어컨 틀어."

준호가 당황한다.

"저, 대리님."

"왜?"

"차에 기름이 얼마 없습니다."

얼굴에 화딱지가 내려앉는 환기다.

"인마 미리 채워놨어야지."

"회사 들어갈 때 주유소 들르면 되겠다 판단했습니다."

"거 판단 참 잘했다. 그 덕에 끝날 때까지 내내 땀으로 샤워해야겠네."

시선을 돌리는 환기는 해 볼 테면 해 봐라 하는 표정으로 해를 쏘아보는데, 흠뻑 젖은 머리카락에서 땀이 뚝뚝 떨어진다.

128

장바구니를 식탁 위에 내려놓는 시원이 한숨을 후~ 내쉰다. 벌써 이마에 땀이 맺혔다. 선풍기부터 켠다. 일단 약풍으로 설정한다. 장바구니에 있는 아이스크림과 음식재료들을 냉장고에 넣는다. 냉동실을 열어 얼음 칸을 확인하는데 동시에 짜증이 튀어나온다.

'아 얼음 없는 걸 깜박했어. 아이스커피 마시면 살 거 같은데, 아 짜증.'

바로 얼음 트레이에 물을 채워 냉동실에 넣는 시원이다. 얼굴에서는 그새 땀이 흘러내린다. 선풍기의 설정을 약풍에서 강풍으로 바꾼다. 이제 좀 쉬려나 싶더니 이내 움직이는 시원이 욕실로 간다.

3분쯤 지났을까, 변기 물 내려가는 소리와 함께 문을 열고 시원이 나온다. 못 참겠는 표정이다. 선풍기 앞을 벗어나기 무섭게 땀이 쏟아지는 이 상황에서도, 결국, 다시 욕실로 향하는 시원이다. 고무장갑을 양손에 끼고, 욕실브러시와 세제를 양손에 든 모습으로.

시원은 욕실 문을 활짝 열어놓고 창문도 활짝 열고 청소를 시작한다. 세면대, 변기, 바닥, 차례차례 닦는다. 거실 한가운데 선풍기가 있고, 심지어 구석에 에어컨도 있는데, 사람은 없다. 사람은 욕실에서 땀을 뻘뻘 흘리고 있다.

'지긋지긋한 물때, 징하다, 징해.'

어느새 옷이 땀에 젖은 시원은 세제 뿌려놓은 욕실 바닥을 브러시로 박박 닦으며 씩씩거린다. 순간 고개를 치켜들더니, 욕실문 너머, 거실 너머, 창밖을 쏘아본다. 맹렬하게 치고 들어오는 빛을. 시원을 약 올리듯 뜨겁게 내리쬐는 해를.

해가 서쪽으로 이동한 시간, 땀을 한 바가지 아니 여러 바가
지 쏟아낸 환기는 지칠 대로 지쳐있다.

"쪄 죽을 거 같다. 안 그러냐?"

"그렇습니다."

지쳐있기는 준호도 마찬가지다.

"안 되겠다. 내일 하자."

"퇴근은 아직 한 시간 남았습니다."

"혼자 남아서 마저 할래?"

아차 싶은 준호는 고개를 설레설레 젓는다.

"내일 한 시간 일찍 출근해. 그럼 돼."

"네, 알겠습니다."

환기와 준호는 초고속으로 장비를 챙기고 차에 올라탄다. 시
동 거는 준호 옆에서 환기는 에어컨부터 켜는데,

"기름이 얼마 없습니다."

"아 맞다! 짜증나네. 주유소부터 가."

"네."

차는 출발하고 환기는 에어컨 끄고 조수석 창문을 내리며 노
래를 부른다.

"아이스크림 생각난다. 집에 가면 아이스크림부터 먹어야지.
뭐 사다놨을까? 뭐부터 먹지? 아~ 아이스크림. 미치게 생각난
다. 아이스크림"

시원은 건조기에서 빨래를 꺼낸 뒤 거실로 옮기다 시간을 확
인한다.

'5시네. 오늘도 저녁 식사는 7시쯤에 하면 될 테고. 그렇다면,
빨래 개키고 나서 아이스커피 마실 시간 낼 수 있겠다.'

다시 세탁실로 가서 남아 있는 빨래를 마저 꺼내며 시원은 흥얼거린다.

'아메리카노 좋아 좋아~ 아메리카노 마셔야지. 시원한 아이스로. 더울 땐 아이스커피가 최고지. 아이스커피 한 잔이면 끝이지. 아~ 빨리 먹고 싶다.'

해는 아직 떠 있는데, 현관문 열리며 환기가 들어선다.

"하~ 더워 죽겠다. 물~ 물~!!!!!"

하며 땀범벅인 모습으로 냉장고로 직행한다. 냉장고 열어 물을 꺼내 벌컥벌컥 마시다, 빨래 개키는 시원에게로 시선이 간다.

"양말 빨았네?"

시원의 옆으로 잘 개켜져 있는 한 무더기의 양말이 보인다. 속옷도 개켜져 있다. 티셔츠, 바지, 수건들도 한가득인데 이것들은 아직 시원의 손길을 기다리는 중이다.

"일찍 들어왔네?"

"더워서. 낮 기온이 35도까지 올랐다더라."

"날씨가 미쳤어."

"아이스크림 사 왔지? 하나만 먹고…"

"땀 냄새 나. 바로 씻어."

시원의 성화에 환기는 풀죽은 표정을 지으며 냉동실에서 꺼내던 아이스크림을 도로 넣는다.

환기가 샤워하는 동안, 빨래를 전부 개키고, 옷장으로 가져가 정리까지 끝낸 시원은 그제야 한숨을 돌린다. 그녀는 기지개를 켜며 주방으로 간다. 아이스 아메리카노를 제조한다. 아이스 아메리카노를 들고 선풍기 앞으로 가서 자리 잡고 앉는다. 아

메리카노를 입에 막 대려는 순간, 환기가 욕실 문을 열고 나온
다. 반사적으로 둘의 눈이 마주쳤다. 환기의 눈이 커진다.

"밥 안 해? 밥 언제 할 거야? 밥 언제 먹을 수 있는데?"

"좀 있다가 할게."

"안 돼. 지금 해. 지금 바로 밥해!"

환기의 재촉에 결국 시원이는 아이스 아메리카노를 내려놓고
주방으로 간다.

시원은 쌀을 씻어 밥을 안친다. 냉장고에서 재료들을 꺼낸다.
조각조각 썰어 냄비에 소주 물과 함께 담은 닭 한 마리를 가스
레인지 불 위에서 데친다. 선풍기를 주방 쪽으로 향하게 했는
데도 얼굴에 땀이 솟는 것을 막지는 못한다.

데친 닭을 물에 헹군다, 양념장 만들어 버무린다, 채소들을
썬다, 분주하게 움직이다 보니 한 시간이 훅 지나가버렸다. 이
제 큰 냄비에 양념한 닭부터 넣고 물 부어 끓이는데, 환기가
나타난다. 더위에, 배고픔에, 짜증이 극에 달한 얼굴이다.

"밥은 언제 돼?"

"기다려. 서두르고 있어."

"배고파 죽겠다고."

환기가 선풍기를 가로막으며 얼굴을 들이밀자 시원은 그를 옆
으로 밀친다.

"어쩌라고?"

"미리 했어야지. 자기가 밥 당번인 날은 밥 시간이 항상 늦
어. 일부러 그러는 거지?"

"아니야. 어쩌다보니 그렇게 되는 거야."

이 와중에도 냄비가 끓자 중불로 줄이고 채소들을 마저 넣은 후 뚜껑을 덮는 시원이다.

"오늘만이라도 일찍 할 수 없었어?"

"바빴어."

"땡볕에 땀 뻘뻘 흘리며 일한 남편, 밥부터 먹게 해 주는 게 그렇게 어려워?"

칼과 도마를 씻으며 시원이 대꾸한다.

"정신없었어."

시원에게서 시선을 떼지 않는 환기는 자제가 안 되는 '화'에 서운함을 얹어 말한다.

"퇴근하고 집에 왔을 때 집밥이 차려져 있는 거, 난 딱 그거 하나 바라는데, 그럴 때가 제일 행복한데……"

"나도 바빴다고!"

하며 시원이 도마를 쾅 내려놓는다. 하루 종일 쌓인 짜증이 터졌다.

"더운 여름인데, 해도 긴데, 저녁 좀 늦게 먹으면 어때서 그래!"

시원의 언성이 높아지자 환기는 잠시 멈칫하지만 이내 반격한다.

"오늘은 집에 있었잖아. 그럼 밥 좀 일찍 할 수 있는 거 아냐?"

이제 시원은 환기의 눈을 똑바로 쳐다보고 말한다.

"할 거 많았어. 빨래 밀렸지, 방은 더럽지, 욕실도 물 때 장난 아니지, 그거 다 해치우느라고 나도 정신없었어."

환기도 눈을 부릅뜬다.

"누가 집안일 다 몰아서 하래? 혼자 다 하랬냐고? 내가 주말에 한다고 했잖아."

"오빠 대충하잖아. 내가 하고 말지."

"누가 시킨 것도 아닌데 사서 고생한다."

"그래! 사서 고생한다. 그래서 겨우 숨 좀 돌리려 하는데, 오빠가 밥 타령해서 또 고생한다. 심지어, 밖에서 일한 오빠 생각해서, 오빠 좋아하는 음식 하려고, 더워 죽겠는데도 참고 고생하는데, 왜 그걸 못 기다리고 나타나서 성질이야?"

반박할 말이 떨어졌는지 순간 머뭇거리던 환기는 선풍기를 보고 반짝한다.

"선풍기 있잖아. 종일 밖에 있던 나보다 훨씬 낫네."

"이 폭염에 선풍기가 무슨 소용이야? 게다가 주방은 또 얼마나 더운데! 더위 좀 누그러졌을 때 음식하게 해 주면 좋잖아."

한마디도 지지 않는 시원의 태도에 머리끝까지 올라간 환기의 화가 폭발한다.

"집에 오자마자 밥 먹게 해 달라는 게 이렇게 큰일인지 몰랐다. 그만하자. 그만해."

시원의 화도 덩달아 폭발한다.

"그래 그만해! 나도 밥 좀 늦어지는 게 이렇게 화 낼 일인지 미처 몰랐다. 그만해."

가스레인지 불을 끄고 주방을 나가려는 시원이를 환기가 붙잡는다. 여태 돌아가고 있던 선풍기의 소음이 점점 커진다.

"밥 안 해?"

"어, 안 해!"

"장난해?"

"내가 왜?"

눈에 쌍심지를 켜고 서로 노려본다.

"여기서 나가면 이혼이야!"

"이혼? 겨우 이깟 일에 이혼? 이혼이 장난이야?"

"누가 장난이래?"

"장난 아니면?"

코에 힘 팍 주고 씩씩거리는 환기와 이에 질세라 턱을 빳빳하게 쳐드는 시원이다.

"밥 달라고! 밥!"

"싫어! 밥하기 싫어!"

이때, 선풍기가 끼이익~ 하는 기괴한 소리를 내더니 툭 멈춘다. 환기와 시원이 동시에 선풍기로 시선이 간다.

"뭐야?"

일순간 정적이 흐른다. 거실 창 끄트머리에 대롱대롱 달려 있는 해가 아직 환기와 시원을 지켜보고 있다.

잠시 후, 환기가 먼저 격앙된 감정을 가라앉히고 선풍기를 건드려본다.

"왜 이렇게 뜨거워?"

시원도 진정하고 대답한다.

"얘도 하루 종일 열일하느라 열 받았나봐. 너무 더워서 내가 얘를 종일 돌아가게 했거든. 괜히 미안하네."

"그렇게 더우면 에어컨 틀지 그랬어?"

"오빠한테 미안해서. 오빤 밖에서 땀 뻘뻘 흘리는데, 나만 어떻게 에어컨을 누려."

방금까지 화내고 옥박지르던 환기와 시원은 이제는 안쓰러운 눈으로 서로를 본다. 둘 다 얼굴이며 목이며 땀으로 젖었다.

"선풍기가 녹초가 될 정도면, 우리는, 우리의 오늘 하루는, 얼마나 뜨거웠겠어?"

"그러게."

"에어컨 틀자. 전기요금 올라가는 소리가 귀에 엥엥 거려도 까짓 거 무시하고, 오늘 저녁은 우리 둘 다, 시원하게 있어보자."

"응, 좋아."

환기는 리모컨을 찾아 전원을 켠다. 시원은 하루 내내 열어두었던 창문들을 모두 닫는다.

닭볶음탕이 완성되고, 환기와 시원은 식탁에 마주 앉아 맛있게 먹는다.

"역시 우리 시원이 닭볶음탕이 최고야!"

"정말?"

"피로가 쏴아악 풀려!"

"다행이다."

"시원아~"

"응?"

"화낸 거 미안해. 말이 심했지? 더워서 머리가 헤까닥했나봐."

"나도 미안. 오빠 측량 나가면 힘든 거 다 아는데, 집안일 하나쯤 미룬다고 어떻게 되는 거 아닌데, 나도 참…"

"아!"

순간 번뜩하여 말을 끊는 환기다.

"왜?"

"우리 둘 다 오늘 못 먹었네."

"응?"

"난 아이스크림, 넌 커피."

"아이참, 지금 말하니까 막 당긴다."

"그거 해주라."

"뭘?"

"아이스크림 라테!"

"아, 그거? 우리 연애할 때 내가 오빠한테 종종 해 준 그거?"

"응. 오랜만에 먹고 싶다. 두 잔 만들어서 같이 먹자!"

"우유 왕창, 시럽 듬뿍?"

환기는 고개를 세차게 끄덕끄덕하며 대답한다.

"응!"

"엄~청 달달하게?"

"응! 달달하게!"

해가 져서 이제 창밖이 컴컴하다. 낡은 아파트 7층의 한 거실은 불이 환하게 켜져 있다. TV가 켜져 있고, 맞은편 소파에는 환기가 앉아 있다. 시원이 길쭉한 유리컵 두 잔과 티스푼 두 개를 올려놓은 쟁반을 탁자에 내려놓으며 환기 옆에 앉는다. 유리컵에는 아이스크림 라테가 담겨있다. 시원이가 사랑하는 아이스 카페라테 위에 환기가 사랑하는 소프트 아이스크림이 살포시 올려 있는, 둘에게 딱 어울리는 디저트가. 먼저, 아이스크림 타임. 티스푼으로 아이스크림을 떠서, 마치 둘의 마음이 통한 것처럼, 서로 먹여준다. 한 입, 두 입, 세 입 먹여주었더니 반쯤 남았다. 이번에는 카페라테와 남은 아이스크림을 전부 섞는다. 커피 타임이다. 환기와 시원은 꼭 붙어서 커피 한 잔씩 들고 마신다. 웨딩사진 아래에서 신혼 티 팍팍 내며 달달하게.

내일이 되고, 해가 다시 뜨면, 또 더울 테고, 그러면 둘은 또 싸울지도 모르지만, 그래도 헤어지는 일은 없을 것이다. 서로 맞춰 줄 수 있는 아이스크림 라테가 있으니까. 누구에게나 화해의 손짓 하나쯤은 있는 법이니까.

착한가족

강효국

강효국

61년도에 제주에서 태어나 제주대학교를 졸업하여 30여년 공직에 종사하였다. 2021년 정년퇴직하고 색다른 경험을 하고자 글쓰기에 도전하여 단편소설집 『소설가게』에 수록된 "선량의 꿈"에 이어 이번이 두 번째 도전이다. 공직을 퇴직하고 부모님이 물려주신 농토를 어쩔 수 없어 감귤농사를 짓고 있는 글 쓰는 농부이다.

태산이 아무리 생각해봐도 자신의 인생 중 가장 잘못된 일은 바로 미영의 아기를 제주로 데려온 일이었다.

그날 미영은 김포공항 대합실에서 아빠가 아이를 잠시 키우는 것은 당연하다는 듯 태산에게 얘기했다.

"태산 씨 나 사랑하지?"

"응, 사랑해."

"이 아이, 태산 씨 아들이야. 잘 봐, 태산 씨랑 닮은 것 같지 않아?"

태산은 태연한 척하려다가도 창피함과 앞으로의 일을 생각하면 아찔했다. 하지만 미영에게는 애써 담담함을 가장하면서

"모르겠어, 닮은 것 같기도 하고. 그럼 이 아이 어떻게 키우지? 빨리 결혼해서 함께 키우는 게 맞겠어."

"그래, 당분간 이 아이를 부탁해. 내가 시험 합격할 때까지만 맡아 줘. 그다음엔 결혼해서 함께 키우자."

"얼마나 기다려야 되는 거야?"

"임신하고 힘들어서 공부를 못했어. 일 년만 하면 될 거야."

"합격하면 바로 결혼하는 거지?"

"응, 믿어줘. 시험 합격하면 제주에서 결혼하고 아이도 키우면서 행복하게 살자."

태산은 생후 한 달 된 아기를 안고 제주행 비행기에 몸을 실었다.

강태산은 1971년생으로 제주에서 태어나 키는 175센티로 갸름한 보통의 얼굴이다. 군대를 다녀와서 1998년도에 대학을 졸업하고 이듬해인 1999년 6월에 9급 지방공무원 시험에 나름 열심히 공부해서 응시했지만 낙방했다. 빨리 합격하라는 부

모의 성화에 같은 해 9월 서울로 상경하여 신림동에 있는 미영이 기거하는 고시원을 선택하였다.

김미영은 1970년생으로 키는 165센티미터로 날씬하고 갸름한 얼굴이다. 서울이 고향이고 고등학교 졸업 후 이 고시원에 정착해 10년째 사는 중인데, 무슨 비결이 있나 했더니 그것은 뻐꾸기가 알 낳는 방식과 비슷했다. 뻐꾸기는 박새나 오목눈이 새 같은 다른 새 둥지에 자신의 알을 낳고 부화하여, 자랄 때까지 지켜보다가 다 자라면 새끼를 데리고 간다. 미영은 고시원에 올 때부터 공부와는 담쌓은 상태였고, 새로 오는 고시원생을 잘 살피다가 순진한 녀석을 꼬신 다음 그 고시원생이 자신의 생활비마저도 다 지불하게 했다. 이런 생활을 10년째 하고 있으니 그 내공이 상당하여 미영에게 당한 남자만 아마도 다섯 손가락으로는 모자랄 정도였다.

미영은 처음 서울에 온 태산에게 학원이나 식사 문제 등에 대해 하나하나 친절하게 가르쳐주고 도와주었다. 태산으로서는 미영의 친절함에 고마울 수밖에 없었다. 한 달 정도 지나자, 태산은 고시원에 어느 정도 적응했고 학원을 다니며 다람쥐가 쳇바퀴를 돌 듯 반복된 하루하루를 살아갔다. 시험 기간은 많이 남았지만, 태산은 내일이 시험인 것처럼 조급했고, 한눈팔 겨를이 없었다.

하지만 미영은 아니었다. 남들이 보기에는 열심히 공부하는 것처럼 보여도, 태산의 동태를 하루도 놓치지 않고 지켜보고 있었다.

학원을 쉬던 어느 토요일, 태산이 미영에게 처음 고시원에 왔을 때 도움 받은 것도 있으니 차를 사겠다고 하자, 미영은 오늘 잠시 쉬는 의미에서 술이나 한잔 사달라고 대답했다. 두 사람은 산보를 한 다음 오후 늦게 술을 한잔하기로 하고 뒷동

산으로 향했다. 고시원 뒤편의 야트막한 산으로 마을 사람들이
산책하고 정상부근에는 운동기구도 있어 아침저녁에는 주민들
이 꽤 붐비는 곳이었다.

앞장선 미영이 뒤따라 걷는 태산에게 상냥한 어투로 물었다.

"태산 씨 나이가 어떻게 돼요?"

"저는 스물여덟 살이에요."

"저는 열아홉에 고시원에 와서 올해로 십 년째니까, 스물아
홉이에요."

"미영 씨가 누나네요."

미영은 태산과 좀 더 빨리 가깝게 지내고자 웃으면서

"누나는? 한 살 차이니 서로 말을 놓아야 편할 것 같은데."

태산도 그게 편할 것 같아 맞장구를 치며

"그럴까?"

"그렇게 해. 공부는 잘 돼?"

"응. 미영이가 도와준 덕분에 잘되는 것 같아."

"고시원 생활 중에 불편한 건 없어?"

"특별히 불편하지 않아."

"그럼 이번 시험에 합격하겠네?"

"희망 사항이지."

"나는 10년째 고시원 생활 중인데 아직도 공부가 참 어려워.
태산 씨가 나를 좀 도와주면 안 돼?"

"어떤 도움이 필요해?"

"실은 국어와 영어, 수학이 너무 어려워."

"응. 도울 수 있다면 도와주지."

태산이 국어, 영어, 수학이면 거의 전 과목이라 할 수 있는
데 어떻게 도울 지 생각하는데, 미영이 태산에게

"그럼 하루에 오전 오후 1시간씩 내게 특별과외를 해 줘."

"좋아. 그럼 학원 시간 외에 내 방에서 오전 오후 1시간 정도는 도와줄게."

"약속해주니 고마워. 그럼 오늘 저녁은 내가 쏠게."

"아니야. 오늘은 지난번 고마움의 표시니 내가 내는 게 맞는 것 같아."

"그럼 다음에 내가 쏠게."

이런저런 얘기를 하면서 뒷동산에 오른 두 사람은 주민들이 운동하는 모습을 보면서 매주는 아니라도, 가끔 뒷동산 산책을 하자고 서로 약속했다.

미영은 술을 마시며 태산의 가정 형편이나 여러 가지 호구조사를 할 요량으로 마음이 들떠 있었다. 대학을 졸업하고 바로 공무원 시험 준비를 하느라 연애다운 연애를 해보지 못한 태산은 미영이 친절한 겉모습에 쉽게 호감을 느꼈고, 미영과 사귀면 어떨까 상상했다. 두 사람은 서로의 생각을 알지 못한 채 하산해서 고시원 근처 호프집으로 향했다.

호프집에 가서는 미영이 술자리를 주도했다. 주문부터 태산을 챙기는 모습도 보이고 가급적 술도 적게 마시며 태산의 호감을 사는 데에 집중했다. 태산도 미영과의 첫 술자리를 어쩌나 싶었는데 앞장서 주도하는 미영이 더 괜찮은 여자로 보이기 시작했고, 참 착하다는 생각마저 들었다. 태산은 자신이 제주에서 독실한 천주교 신자인 부모님을 모시고 살고 있고, 시험에 합격하면 고향인 제주로 내려갈 것이라고 했다. 그래서 내년 시험도 고향 제주에서 치를 거라고 했다. 첫 술자리지만 두 사람은 꽤 친해져서 서로에 대해 이것저것 물었다.

태산이 미영에게

"서울에서 시험을 치르겠네?"

"응, 서울에서 시험 칠 거야."

"우리 열심히 해서 둘 다 합격하기로 하고, 파이팅하자."

"파이팅."

두 사람은 서로 술잔을 부딪치면서 미래의 합격을 기원했다.

다음날부터 미영은 오전 오후 태산의 방에 와서 1시간씩 강의를 받고 열심히 공부하는 모습을 보였다. 근데 아무리 공부라지만 남녀가 조그만 방에 함께 있으니 불편한 점도 있었다, 이런 상태가 한 달 정도 지나자 태산이 미영에게

"공부가 잘 안돼. 뭐가 잘못됐는지."

"공부가 잘 안돼? 그러면 한 달만 더 하고 그다음에 다시 생각해보자."

미영은 한 달 사이에 태산을 자기 뜻대로 할 수 있도록 만들어야겠다 생각하고 여러 방법을 동원했다. 먼저 태산의 방에 갈 때는 화장을 완벽하게 해서 최대한 태산에게 잘 보이려 노력했다. 또 열심히 공부하는 모습을 보이려 이것저것 묻기도 했다. 서당 개 3년이면 풍월을 읊는다고, 실제 10년을 공부 아닌 공부를 했으니 꽤 어려운 문제도 척척 푸는 미영의 모습에 태산이 깜짝 놀라기도 했다. 미영의 노력 덕에 태산은 미영에게 더욱 다정하게 대했고, 한 달이 채 못 되어 두 사람은 연인이 되었다. 젊은 남녀이다 보니 태산의 방에서 함께 공부하던 두 사람은 못 이기는 척 깊은 관계를 갖기도 했다.

고시원 생활이 3개월이 지날 무렵 2000년 새해가 밝았다. 태산과 미영은 고시원 식당에 마주 앉아 떡국을 먹으면서 올해는 꼭 합격하자고 얘기했다. 그러나 미영은 속으로 태산이 올해 합격하고 미영의 고시원비와 생활비를 부담해주기를 희망했다.

145

2000년 3월에 있을 지방직 공무원 시험에 태산은 제주로 미영은 서울로 원서를 냈고, 시험일이 다가오자 태산은 시험을 치르러 제주에 갔다.

시험 당일, 문제지를 받은 태산은 고시원 공부 효과인지 학원 효과인지는 몰라도 문제가 쉽다고 느꼈다. 집에 와서는 부모님에게 걱정하지 말라는 말을 했다. 미영에게도 전화해서 시험은 잘 봤는지도 물었고, 미영도 그럭저럭 봤다고 대답했다.

합격자 발표 날 태산은 부푼 마음을 안은 채 인터넷에 접속했고, 자신의 번호가 떡하니 있는 걸 확인했다. 이제 남은 면접만 합격하면 최종합격이었고, 이 사실을 부모님에게 알리니 두 사람은 정말 기뻐했다. 아버지는

"필기시험은 합격했으니 면접 준비 잘해라. 들으니 요즘은 면접이 더 중요하다더라."

"네, 열심히 준비할게요."

태산은 기쁜 마음으로 미영에게 전화했다.

"나 합격했어. 너는 어떻게 됐어?"

"축하해, 진심으로 축하해. 정말 대단하다, 나는 낙방이야. 내년까지만 공부할 거야."

"조금만 더 공부하면 분명히 합격할 거야. 나는 너를 믿어. 면접 준비도 해야 하고, 너도 보고 싶으니 내일 바로 갈게."

"나도 빨리 보고 싶어."

다음 날 태산이 고시원에 도착하자 미영은 반가워하면서 정말 축하한다는 말을 먼저 했다. 태산이 미영에게 다정한 말로

"올해만 고생할 생각해. 미영이 너도 꼭 합격할 거야."

미영이 정색하고 말했다.

"태산 씨, 고마워. 근데 태산 씨에게 할 얘기가 있어."

"무슨 얘기?"

"나 임신했어."

태산은 놀라움과 당황으로 어찌할 줄 모르고 물었다.

"뭐? 임신이라고?"

"응, 테스트도 해봤고 요즘 생리도 없어."

"몇 개월이니? 어떡하지?"

"5개월이래. 나는 아기를 낳을 거야."

태산은 전혀 준비도 안 되어 있고 계획도 없던 터라 막연하게 물었다.

"어떻게 키울 거야?"

미영이 당연하다는 듯이

"어떻게 키우기는. 태산 씨가 나하고 아기를 먹여 살려야지."

태산은 자신의 책임이니 당연히 키워야겠고, 빨리 결혼해서 손자를 안겨드리면 부모님도 좋아하실 거라고도 생각했다.

미영은 미영대로, 애를 핑계 삼아 생활비와 숙식비를 얻을 수 있으니 괜찮은 결과라 생각했다. 미영은 이제까지 몇 번의 임신 중절 수술 경험이 있었고, 이번에도 수술하면 다시는 임신을 못 할 수도 있다는 의사의 말에 출산을 결심할 수밖에 없었다.

태산은 진지한 표정으로 미영에게

"나랑 결혼하자. 너희 부모님께 빨리 인사드리고 싶어."

"결혼?"

"그래, 결혼해서 우리 애를 잘 키우자."

"좋아. 대신에 나는 애를 낳고 시험에 합격한 다음 결혼하고 싶어. 그때까지 기다려 줄 거지?"

"좋아, 일단 애를 낳아. 합격할 때까지 애는 봐줄게."

그날 밤, 태산과 미영은 서로 밝은 미래를 약속하고 함께 잠을 잤다.

태산은 다음날부터 사흘 정도 면접시험 준비로 학원에 가서 수강하고 관련 서적도 열심히 탐독했다. 면접은 제주에서 치르게 되어 고시원을 떠나 제주 집으로 내려왔다. 태산은 자신의 부모님에게 미영의 임신 사실을 알려야 하나 말아야 하나 망설이다가, 어머니에게 결혼하기로 약속한 여자가 있다고만 알렸다. 어머니는 그 사실에 깜짝 놀라며 여자는 지금 어디 있느냐고 물어 서울에 있다고 대답했다. 어머니는 면접 잘 보고 최종합격해서 정식발령 받으면 결혼식을 올리라고 했다.

태산은 열심히 공부하여 면접시험도 무사히 통과했고 최종합격하여 2000년 5월부터 oo동사무소에 발령받았다. 동사무소 근무는 업무량이 많은 편이었지만 태산은 틈틈이 미영에게 전화해 공부하는 것과 아울러 아기와 몸 상태도 물어 걱정을 전했다. 그때마다 미영은 공부도 잘되고 아기나 몸은 전혀 문제 없다면서 생활비만 보내라고 했고, 태산은 달마다 생활비를 보냈다. 가끔 휴일이나 휴가를 받으면 서울에 가서 미영의 배가 많이 불러 있는 것을 확인하고 이제는 공부보다는 몸에 신경을 쓰라고 얘기하곤 했다. 미영도 실제로 공부보다는 몸이 신경 쓰이고 힘들었다.

그해 여름, 미영의 출산 소식에 태산은 휴가를 받아 서울로 갔다. 힘들게 아들을 낳고 병실로 돌아온 미영에게 태산이 고생했다고 말하자 미영은 힘없이 누워 있다가 일어나며 고맙다고 말했다. 태산은 병원에서 미영과 함께 하루를 보냈고, 근무 때문에 오래 못 있어 미안하다는 말을 남기고는 제주로 내려왔다.

미영은 아기 이름을 주영이라 지었고, 주영은 아프지 않고 잘 자랐다. 주영이 1개월 정도 됐을 때 미영은 태산에게 자신이 시험공부를 할 동안 주영을 맡아 달라고 부탁했고, 태산은 할 수 없이 주영을 제주로 데리고 와서 자신의 부모에게 아기를 맡아달라고 부탁했다. 태산의 부모는 깜짝 놀랐지만, 한편으로는 애를 먼저 낳은 것도 나쁘지 않다고 여기며 곧 결혼하면 문제없겠다고 생각했다.

태산의 부모는 4·3 사건으로 가족이 희생당한 아픔이 있었고, 그러한 이유로 평소에 자식이 많을수록 좋다고 생각해왔다. 두 사람은 슬하에 태산을 장남으로 2남 2녀를 두었고, 자식들에게 빨리 취직하고 결혼해서 아들 딸 많이 낳으라고 말하곤 했다. 태산의 어머니는 동네 창피는 창피고, 아들의 자식이니 방법이 없겠다는 생각에 아들에게 다짐을 받았다.

"애 엄마는 서울에 있어? 애 엄마 부모님은 뭐하시고? 인사는 드렸어?"

"네, 서울에서 시험공부하고 있어요. 미영이네 부모님은 아직 못 뵀는데 서울에 사시나 봐요."

"언제 결혼할 거야? 애 엄마 부모님도 이 사실을 알아?"

"미영이 합격만 하면 곧 할 거예요, 미영이도 말씀드렸을 거예요."

"애 엄마 부모님이 이 결혼 반대하는 것은 아니지?"

"미영이네 부모님도 우리 결혼 좋아할 거예요."

미영은 태산이 제주로 떠난 후 심기일전하여 정말로 열심히 공부했다. 십 년째 하는 고시원 생활도 싫증 났고, 합격해서 태산과 결혼하고 사는 것도 나쁘지 않겠다는 생각도 들었다. 미영은 그 전보다 두 배 이상 열심히 공부했고 2001년 3월에 시험을 치렀다. 시험결과를 기다리면서 태산에게 전화해서 이번엔 확실히 합격이라고 장담을 했다. 태산은 기뻐하면서 합격하면 제주로 근무 희망을 하라고 조언을 했다. 덧붙여 주영이 잘 크고 있고, 합격하면 빨리 결혼하자고 얘기했다. 미영도 당연히 그래야겠다고 다짐했다.

합격자 발표날, 미영은 당연히 자신의 수험번호가 있을 거란 확신을 하며 인터넷을 확인했지만, 미영의 번호는 없었다. 미영은 며칠 동안 어떻게 하나 하는 마음에 잠을 잘 수도, 밥을 먹을 수도 없었다. 태산에게 전화하니 태산도 위로의 말 대신에 한 번 더 공부하라는 말만 했다. 미영은 한 번만 더 해보고 안되면 태산에게 시집가서 애나 보면서 살겠다며, 당분간 전화도 하지 말라고 했다. 미영은 학원과 고시원을 오가며 밥 먹을 시간이 아까울 정도로 열심히 공부했다.

얼마 못 가, 스트레스를 참지 못한 미영은 고시원 사람들끼리 모여 생맥주를 마시며 스트레스도 풀고 세상사는 이야기를 하는 자리에 주기적으로 참석하기 시작했다. 그러다 보니 미영을 여자로 사귀고 싶어 하는 남자가 생겼고, 미영은 태산을 생각하면 그럴 수 없다고 하면서도 점점 가까이 있는 남자에게로 마음이 가는 걸 느꼈다.

미영은 점점 시험공부보다는 고시원 남자와의 관계에만 신경을 쓰는 자기 자신이 미웠지만 어쩔 수 없다고 생각했다. 또 하나의 핑계는 미영이 제주로 가는 게 영 싫었다. 결국 미영은 태산 때처럼 임신이라는 실수는 하지 않겠다고 다짐하면서도 고시원 생활이 그만두고 싶어, 고시원생 중 서울이 고향이고 부유한 총각과 깊은 관계를 가졌다. 다시 뻐꾸기 생활을 시작한 것이었다. 미영은 자신의 공부보다도 지금 만나는 남자가 빨리 합격하고 자신과 결혼하기를 바랐다. 그러다보니 태산의 전화를 피했고, 가끔 통화해도 형식적인 대화에 그쳐 서로 필요한 말만 하게 되었다.

태산도 미영과의 관계보다는 직장생활이 더 급했다. 동사무소의 일이라는 게 어렵다면 어렵고 쉽다면 쉬운데, 처음 하는 일이라 상급자들 눈에는 어설픈 게 사실인지 태산은 열심히 했는데도 여러 가지 지적을 당하기 일쑤였다. 이때 옆자리에 앉은 선임 순진이 문서 기안이나 결재과정에서 주의할 점 등 공무원 생활에 관한 여러 도움을 주었다. 태산이 순진에게 고맙다는 말을 입에 달고 근무할 즈음이었다. 아침에 출근하니 순진과 함께 동장실로 오라고 불러 가 보니 동장이

"순진 씨가 태산 씨와 하천 정비 현장을 점검하고 오세요, 둘이 맛있는 점심도 같이하고"

"네, 알겠습니다."

두 사람은 태산의 자동차에 함께 타고 지시받은 하천 정비 현장을 점검하러 갔다. 주민 센터에서 그리 멀지는 않았지만, 걸어 다니며 확인할 것이 꽤 많았다. 순진과 태산은 점검 리스트에 하나하나 체크해 나갔다. 2시간 정도 확인하니 다 된 것 같아 태산이

"순진 주무관님, 다된 것 같아요."

"그래요, 다됐네요. 수고했네요."

"순진 주무관님, 점심이나 하고 가죠."

"좋아요. 이 동네 맛집을 제가 잘 아니 안내할게요."

"네."

두 사람은 한정식을 맛있게 먹은 다음 근처 카페에서 차를 마셨다. 태산은 1년 고참이면서 그 1년이 참 크게 느껴질 만큼 모르는 게 없는 순진이 대단하다고 생각했다. 태산은 공무원 생활이 아홉 시에 출근해서 여섯 시에 퇴근하는 규칙적이고 안정된 삶인 줄로만 알았는데, 주민 센터 근무는 그게 아니었다. 최소 여덟 시 빠르면 일곱 시에 출근해서, 여섯 시 땡 퇴근은

거의 없고, 일곱 시나 어떤 날은 열 시가 되어도 퇴근하지 못했다. 주말도 이런저런 행사 등으로 출근하는 경우가 많았고, 그런 생활을 계속하다 보니 몸은 점점 피곤해졌다. 점점 서울에 있는 미영에게 전화하는 게 뜸해지고 나중에는 그 간격이 더 멀어졌다. 물론 미영에게서 전화가 오는 일도 줄어, 둘 사이는 아이만 없다면 남남이나 다름없었다.

2001년 6월 주영이 생후 10개월에 미영에게서 '나 결혼해, 더 이상 연락하지 마'라는 메시지가 와 전화했으나 받지 않아 메시지로 '결혼이라니, 미쳤어?'라고만 보냈다. 태산은 미영의 결혼 소식에 정말 화가 나고 어떻게 그런 일을 메시지로 알리고 마는 게 맞는지 어이가 없었다. 아들 주영이를 어떻게 하나 하는 생각에 미영에게 '주영이는 어떻게 할 거니?'라고 메시지를 보냈지만 미영은 묵묵부답이었다. 몇 번 전화하고 메시지를 보내도 응답이 없었다. 태산도 주영만 아니면 벌써 미영을 잊을 텐데 하는 생각이 매일 들 정도였다. 자신의 앞날에 아들 주영이 걸림돌이라고 생각했다.

미영의 결혼 소식을 들은 태산의 부모님은 아니 그런 일이 있을 수 있느냐고 펄쩍 뛰었지만 어떻게 할 방법이 없다는 태산의 말에 쉽게 포기했다. 그저 태산에게 알아서 하라며 참 요즘 젊은 사람들의 행태가 이해가 안 된다는 말만 몇 번 했을 뿐이다.

어느 정도 시간이 흐른 뒤, 태산도 미영이 결혼을 했다는 사실을 인정하고 지냈다. 태산은 사무실 동료로 지낸 지 1년 정도 되니 순진을 선배 아닌 여자로 좋아하게 됐고, 순진도 태산을 후배가 아닌 남자로 대하기 시작하여 두 집 사이에서도 혼사 얘기가 오가서 곧 결혼한다는 소식이 사무실 내에 퍼졌다. 하지만 태산은 주영이 때문에 순진과의 결혼이 어렵진 않을까 걱정되기 시작했다. 순진에게는 주영의 존재를 알리지 않은 상태였고, 만약 순진이나 순진 부모님이 안다면 결혼은 없었던 일로 하자고 할까봐 말도 못 꺼냈다. 태산의 부모님은 당연히 주영이는 우리가 키울 테니 걱정하지 말라고 했다. 태산은 이러지도 저러지도 못하고 며칠을 보내다 순진에게 얘기를 해보겠다고 결심하고, 퇴근 후에 순진과 식당에서 저녁을 먹자고 하고 마주 앉았다.

"순진 씨, 내가 할 말이 있는데."

"무슨 말? 사무실에서 해도 될 텐데."

"중요한 얘기를 할게요. 내가 서울에서 공부한 것은 알죠?"

"알죠, 그게 왜요?"

"고시원에서 공부하다가 한 여자를 만나 애가 생겼어요. 그 아이를 지금 부모님께서 키워주고 계세요."

순진은 깜짝 놀라며 표정이 일그러지며

"아니, 무슨 그런 얘기가 있어요?"

"그 아이 주영이를 당분간 내가 키우겠다고 아이 엄마와 약속했어요, 그 여자는 다른 남자와 결혼했고요."

"당분간이라니 얼마나?"

"처음에는 시험 합격할 때까지 애를 맡기로 했는데 시험은 안 보고 다른 남자랑 결혼해버렸으니…. 연락도 안 돼요. 어쨌든 내 아이라 아빠인 나도 반은 책임이 있으니 키울 수밖에 없을 것 같아요. 순진 씨 처분에 맡길게요."

순진은 고민스러웠다. 태산은 참 착하고 자신을 평생 사랑하고 아껴줄 것 같은데, 내 아이가 아닌 아이를 키우면서 살아야 한다니 판단이 어려웠다. 순진은 주영이 태산의 아들이고 부모님이 키워주신다 하니 조금은 다행이라 여기며, 고민 끝에 결혼하자고 얘기했다.

태산은 기쁘게 생각하면서 2001년 12월 결혼식을 마치고 순진과의 혼인 신고와 아울러 주영을 친자식으로 등록했다. 이제 주영은 태산과 순진 사이에 태어난 아들로 등록이 되어 미영과는 전혀 관계가 없어졌다.

태산은 결혼생활이 만족스러웠다. 부부 공무원 생활은 봉급은 적지만 안정적이었고, 큰 어려움 없이 살 수 있었다. 또 둘 사이에서도 애가 태어났고, 애를 돌보는 데 전념했다. 가끔이지만 순진은 시댁에 가서 주영이 커가는 과정을 지켜봤다. 어쨌든 자신이 법률상 모친이기에 신경이 쓰였다. 시어머니 또한 주영에게 순진이 엄마라고 가르치는 데 여념이 없었다. 순진도 주영을 볼 때마다 안아 주며 자신을 엄마라고 인식시키려 노력했다. 시간이 지날수록 '엄마, 엄마.'하는 주영의 목소리가 자주 들렸고, 순진도 그 목소리에 점점 익숙해졌다.

2002년 10월 주영이 2살 되던 때 독감에 걸렸는지 기침과 계속된 울음에 태산 모친이 태산에게 전화해 태산이 주영을 안고 보건소에 항체검사와 혈액형 검사를 했는데 이상한 일이 일어났다. 주영의 혈액형이 B형이라는 것이다. 태산의 혈액형이 A형이고 주영이 B형이라면 뭔가 잘못된 게 아닌가, 하는 생각이 들었다. 인터넷 등 여기저기 뒤져봐도 태산이 알기로는 엄마인 미영의 혈액형이 O형인데 주영은 태산의 친자식이 아니라는 결론인데 이를 어떻게 하나, 하는 생각에 머리가 아팠다. 다행하게도 주영이 독감은 아니라는 통보를 받고 집에 돌아와 어머니에게 주영이를 맡기고 집에 오면서 또 한 번 심한 두통이 왔다.

태산이 알고 있는 미영의 혈액형에 뭔가 착오가 있었을 것이라는 생각을 했다. '그래, DNA 검사를 해보자' 가장 확실한 방법이 DNA 검사라는 생각이 미치자 혈액형은 뭔가 잘못되었을 거라는 확신이 생겼다. 그래서 주영의 머리카락과 태산의 머리카락을 종합병원에 보내 DNA검사 의뢰를 하고 기다렸다. 삼사일이 지나 통보가 왔는데 99.99% 친자가 아니라는 통보를 받고 절망했다. 태산은 진짜 미영을 믿었는데 이렇게 뒤통수를 치다니 하는 생각이 태산의 분노가 극에 달하고 주영을 하루빨리 미영에게 보내야겠다고 다짐했다. 미영에게 여러 차례 전화하고 메시지도 보냈지만 미영은 묵묵부답이었다.

미영이 태산에게 주영이를 맡길 때 태산의 친자식이 아닌 것을 알고도 맡긴 건 아닌지 하는 의심도 들었다. 태산은 DNA 검사 사실을 부모님이나 순진에게도 일체 비밀에 부치고 결혼 생활을 계속했다. 부모님 댁에 갈 때마다 태산의 가슴에는 주영이 친자식이 아니라는 생각이 늘 있었다. 집에 와서도 잠도 못잘 정도로 고민에 빠져 밤에 헛소리가 나올 정도였다. 아내인 순진도 태산이 큰 고민이 있는 것 같아 여러 차례 무슨 고민이 있냐고 물었지만 태산은 말을 하지 않아 부부싸움도 했다. 며칠이 지나 태산이 순진에게

"주영이가 DNA 검사결과 내 친자식이 아니야."

순진은 놀라워서 말이 안 나온다는 표정과 태산이 미영에게 속았다는 판단을 하면서도 못미더웠다.

"뭐라고? 어떻게 그런 일이 있을 수 있어?"

태산도 황당하고 화난 표정으로

"몰라, DNA 검사 결과는 그렇데."

"이제 어떡할 거야?"

"친생부존재확인소송을 할 거야."

"그게 뭔데?"

"주영이가 내 친자식이 아니라고 소송을 해야 가족등록부에서 지우고 미영에게 보낼 수가 있거든."

순진도 동조하고 서류를 갖추고 법원에 친생자부존재확인소송을 냈다. 미영에게도 이 사실을 알리고자 전화했으나 받지 않아 메시지로만 알렸다.

법원에서 생모인 미영에게도 서류가 전달이 됐는지 태산에게 전화 왔다.

미영이 깨질 듯한 목소리로

"무슨 일을 하는 거야?"

"주영이 내 자식이 아니라는 소송을 낸 거야."

미영은 진정 모르는 것처럼 깜짝 놀란 듯이

"아니, 왜 너 친자식이 아니라는 거야?'

"DNA검사결과 내 자식이 아니라고 통지를 받았어."

"그럴 리 없어, 뭔가 잘못된 거야. 나는 너 말고는 관계한 남자가 없어."

미영은 실제 태산과 관계 후에 관계한 남자가 정말로 없었고 정말로 기억도 없다고 생각하니 참 답답하다고 생각했다.

"과학적 결과가 말하는데 무슨 소리야?"

"과학은 잘 모르고, 너 주영의 미래를 생각해봤어?"

"주영의 미래? 내 자식도 아닌데 왜 신경을 써야 되냐고?"

"그래도 주영이는 이제까지 당신의 친자식으로 키워왔잖아. 그 아이가 어떻게 되는지 어떻게 살건 지 생각해봤냐고? 주영이는 무슨 잘못이 있냐고?"

"주영이는 잘못이 없지. 우리, 아니, 너 미영의 잘못이지."

"그래, 다 내 잘못이지. 주영이는 잘못이 없어. 주영이를 생각한다면 조금만 참아. 그리고 성인이 된 다음 소송을 해도 늦지 않을 거야."

"성인이 될 때까지?"

"그래, 주영이 성인이 될 때까지만 참아줘. 그때는 나도 주영이 먹고 살 수 있도록 어떻게든 도울게."

태산은 미영과 주영과 관련해 이런저런 생각에 마음이 흔들렸다. 하지만 순진은 아니었다. 주영이 태산의 친자식이 아닌 이상 계속 소송을 해서 법률적으로 해결하고 싶었다. 그래서 소송을 멈추지 말자고 태산에게 강하게 말했다. 태산도 순진의 말을 들을 수밖에 없었다. 이제 주영의 운명은 태산의 부모님에게 달렸다고 해도 과언이 아니었다. 태산의 부모님은 독실한 천주교 신자로 착하게 살아왔고 또 몇 년을 키우면서 정이 들어 태산과 순진의 말에도 그냥 키우자고 했다. 특히 어머님이 더했다. 4·3사건을 겪어서 그런지 몰라도 식구 하나 늘어났다고 좋아하던 어머니는 어떻게 그냥 내치냐는 것이었다. 당장 내치면 고아원이나 가서 어떻게 클지도 모르는데 조금만 참으면 성인이 되고 그때까지는 자기가 키우겠다고 빨리 소송을 취소하라고 얘기하니 순진도 앞에서는 차마 거역하지 못하고 알겠다고 했다.

태산의 집에서 이 문제는 부부싸움의 원천이었다. 매일 매일 주영이 문제가 싸움의 주제가 되고 가끔 둘 사이에 태어난 아이 문제도 재료가 되었다. 순진은 어떻게든 소송을 계속하고 싶은 마음이 있어 소송을 취소하지 말자고 계속 얘기했고, 부모님은 취소하라하고, 태산은 중간이었다. 실제로 태산과 순진이 주영이 때문에 부담이 되는 것은 아직 많이 없었다. 태산 부모님이 다 보살펴주시고 주영이 어려서 크게 돌 볼일이 없었

157

기에 태산의 입장도 부모님 쪽으로 기우는 게 사실이었다. 하지만 태산은 순진의 남편이기에 순진의 입장이나 마음을 모른 채 할 수 없었기에 순진의 마음을 헤아려주는데도 마음을 썼다. 태산도 순진의 입장이 된다면 순진보다 더하면 더할 것 같았기에 순진의 입장을 타박할 수 없었다.

하루 이틀 지나 법원에서 출석하라고 통지를 받은 날이 내일로 다가왔다. 그때까지도 마음을 정하지 못하고 있던 태산에게 미영이 전화했다.

"나 지금 제주도야."

"그래, 내일 법원 일 때문에 왔구나."

"그렇기도 하고, 할 말도 있고, 지금 만날 수 있어?"

"어, 어딘데."

"나 지금 시내 호텔에 방 잡고 식사할 겸 식당에 와 있어. 시간되면 부인이랑 같이 와."

"내 아내랑?"

"왜? 싫어? 부담스러우면 말고."

태산은 괘씸한 마음에 내일 법원에서 보자고 하고 싶은 마음도 있지만 잠깐이지만 정을 붙인 것도 있고 미영의 대답도 듣고 싶어 순진과 하께 가겠다고 했다.

태산이 순진에게 이 사실을 알리니 순진은 처음엔 가기 싫다고 했다가 태산의 거듭된 부탁에 순진도 어쩔 수 없다는 표정으로 갈 채비를 하고 아이는 시댁에 잠시 맡기고 식당에 가서 미영을 만났다. 미영이 먼저 순진에게 인사한다.

미영이 슬프고 미안한 표정으로

"안녕하세요? 뭐라고 해야 할지 모르겠네요."

순진도 건조하게

"안녕하세요, 오시느라고 고생했네요."

"아니에요, 비행기로는 금방 오네요."

미영의 얼굴이 그렇게 밝지는 않았다. 미영은 부유한 시댁 덕분에 남편이 공무원을 그만두고 조그만 사업을 해서 살기에 부족하지만 잘살고 있다고 말하며 생각했다. 주영이를 서울로 데려갈 수는 없다고 생각하며, 어떻게든 태산에게 맡겨 성인이 될 때까지는 키우도록 하고 싶었다. 또 주영이 태산의 아들이라는 사살에 추호의 의심도 없었다. 미영이 정말로 미안한 표정으로 태산에게 물었다.

"주영이는 잘 있지? 고마워 잘 키워줘서."

태산은 미영의 물음에 미영은 주영을 태산의 친자식으로 믿고 있나 하는 마음으로 대답했다.

"응, 잘 크고 있어."

"나 두 분에게 염치없지만 부탁을 하려고 왔어요."

"무슨 부탁을?" 순진이 묻자 미영이 눈물을 뚝뚝 흘리며 호소하듯이 얘기했다.

"나 그 아이 정말이지 태산 씨 아이로 알고 있어요, 정말 태산씨 외에 다른 남자와는 관계가 없었어요."

태산은 얼굴이 붉어지며

"무슨, DNA검사결과가 있는데 어떻게 그런 말을 해?"

"DNA검사? 그것도 잘못될 확률이 없나? 전혀? 잘못된 검사라면?"

순진이 진지한 표정으로 말했다.

"그럴 리 없어요."

"좋아요, 그 결과가 맞다고 해요. 그렇지만 제가 두 분께 부탁드릴게요. 아이가 성년이 될 때까지만 키워주세요. 그런 다음 이 소송을 하시면 그 결과를 받아드릴게요."

"성인이 될 때까지요?"

"제가 키우고 싶어도 현재 결혼한 상태로 시댁에 얘기할 입장이 안 돼요. 부탁드릴게요."

"생각해볼게요."

"부탁입니다. 그 아이 성년이 될 때까지만 참아주세요. 주영이 생활비도 달마다 보내드릴게요."

눈물의 호소가 계속됐다. 태산은 주영이 성인이 될 때까지라는 게 부모님이 말한 것과 같아 미영이 태산의 부모님에게 사전에 연락한 건 아닌지 하는 의심도 들었다.

태산과 순진은 식당에서 서먹서먹한 저녁 식사를 끝내고 서로 말 없이 집에 도착했다. 태산은 순진의 마음을 몰라 아무 말도 하지 않고 거실에 앉았다. 태산이 순진에게

"차나 한잔해."

"그래, 차나 한잔하자."

두 사람은 유자차 한 잔씩 가지고 탁자에 앉았다. 태산은 미영을 생각하면 괘씸하고 미워 당장 주영이를 돌려주고 싶다고 생각하면서도, 부모님의 말씀도 있고 주영이를 생각하면 마음이 아프기도 해서 먼저 말을 한다.

"주영이 성년이 될 때까지 참는 게 어때? 생활비도 보내준다는데. 하지만 당신이 소송을 계속하라면 할 거야."

순진은 주영이 소송을 그만두고 싶다는 눈치를 알고 담담히 말했다.

"당신은 그리고 싶어?"

"아니, 애 엄마를 생각하면 계속하고 싶은데 주영이를 생각하면 좀 그렇고, 부모님 말씀도 있고 해서…"

"나는 당신 뜻에 따르겠어. 당신이 DNA검사도 했고 소송도 했으니."

"나는 당신이 제일 신경 쓰였어. 당신이 내 뜻에 따라준다면 고맙지."

"부모님 말씀도 있고 하니 주영이가 성인이 될 때까지 키우고 이 소송은 그때 가서 선택하기로 하자."

"고마워, 당신이 이해해 줘서. 그때까지는 주영이도 둘째와 같이 친자식으로 키우기로 해."

2002년 11월 5일 태산은 법원 앞에서 아내 순진과 서로 부둥켜안으면서 눈물을 흘리고 있다. 태산 손에는 금방 발급받은 친생부존재확인소송 취소판결문이 들려 있다.

태산이 주영이가 자신의 아들이 아니라는 소송을 냈다가 부모님과 미영의 눈물의 호소에 법원에 취소한다고 신청하여 받은 판결문이다.

태산은 미영이가 진짜 뻐꾸기고 자신이 박새라고 생각했다. 주영이 성년이 되면 정말로 미영에게 돌려보낼 수 있을까? 또 한 번의 진짜 거짓말이 아닐까? 하는 생각을 하면서 하늘을 보니 흰 구름이 저 멀리로 흘러가고 있었다.

아베마리아

김희복

김희복

20대의 꿈을 찾아 30년이 지난 지금 작가라는 이름에 부끄럽게 첫발을 밟아본다. 아직은 걸음마 단계이나 용기 내어 달려보려 한다.

글을 쓰면서 나를 찾고 있다. 현재 나는 무엇을 하고 있나!

앞으로 무엇을 할 것인가?

마음의 글쓰기를 좋아하는 나에게 어느 순간 자존감이 밑바닥으로 떨어져 자신감과 생각들을 잃어버린 순간도 있었지만, 내 안에 있는 나를 찾아 오늘도 여행을 떠나 보려 한다.

오랜 세월 하늘 향해 우뚝 솟은 종탑 옆에 수리성당이 있다. 돌로 단단하게 지어진 수리성당은 70년 세월을 견디며 고고한 자태와 아름다움을 겸비하고 있다.

수리성당 앞 정원에는 야자수 두 그루가 종탑을 향해 뻗어 하늘을 바라보고, 그 옆에는 작은 연못이 있다.

바오로가 다니엘 손을 잡고 연못으로 달려간다.

"형, 잉어가 줄지어서 달리기한다. 어~ 어~ 쟤가 일등이야."

"다니엘, 잉어가 연잎에 숨었어."

"형, 금붕어는 연꽃 속에 숨었는데, 와~ 숨바꼭질 하나 봐."

연못 위에 떠 있는 연잎과 연꽃, 잉어와 금붕어를 바라보며 아이들은 신기하듯 물고기들의 움직임을 살핀다.

수리성당 야자수 그늘 벤치에 이사벨라와 안나 수녀님이 손을 마주 잡고 앉아있다.

바오로가 수리성당 정원에 있는 풀꽃을 한아름 꺾어 이사벨라에게 건네주고, 다니엘 곁으로 달려가 술래잡기 놀이한다.

"벌써 3년이 지났구나."

안나 수녀님이 안경을 벗어 촉촉한 눈가의 눈물을 닦는다.

"바오로가 10살, 다니엘이 8살이네."

안나 수녀님이 바오로와 다니엘이 뛰어노는 모습을 아련히 바라본다.

"안나 수녀님, 수녀님이 본당에 계실 때는 자주 뵐 수 없어 아쉬웠는데 이곳으로 오시니까 너무 좋아요."

이사벨라는 안나 수녀님의 하얀 머리와 이마의 주름을 딸의 마음으로 바라본다.

다니엘이 달려와 이사벨라 등 뒤로 숨는다.

"엄마, 다니엘 어디 갔어요?"

"글쎄, 어디 갔을까?"

바오로가 이사벨라 등 뒤로 달려와 다니엘을 잡고 좋아한다.

"하하하하, 하하하하."

배꼽을 잡으며 서로 부둥켜안고 형과 동생의 우애를 다진다.

"다니엘, 너는 아빠를 꼭 빼닮았구나."

"안나 수녀님, 저희 아빠 알아요?"

"그럼."

"어떻게 저의 아빠를 알아요."

"다니엘만큼 했을 때 여기서 만났는걸."

"아빠, 나보다 키 더 컸어요."

"아니, 다니엘만큼 했지."

안나 수녀님이 바오로와 다니엘의 손을 잡고 천사원으로 걸어 들어간다.

바오로와 다니엘은 자기 집 인양, 안나 수녀님을 앞질러 천사원으로 뛰어 들어갔다.

벤치에 앉은 이사벨라의 머리 위로 야자수의 밝은 빛이 내려온다.

이사벨라는 멍하니 눈부신 하늘을 바라봤다. 그리고 성당의 정원을 바라보며 고개를 숙였다. 풀숲으로 가려 보이지 않던 작은 벌레들의 꼬물꼬물 바삐 움직인다.

잠시 멈추어 눈을 돌리면 보이는 것들.

수리성당 종탑의 시곗바늘이 한 칸, 한 칸, 천천히 움직인다. 그곳에 시선이 멈춘 이사벨라의 눈이 서서히 감긴다.

수리성당의 종소리가 울려 퍼진다. 오랜 세월 지켜온 종탑 옆 성모 마리아상 앞에 20대로 보이는 안나 수녀님이 두 손 모아 기도한다. 온 세상이 하얀 눈으로 덮여 마음마저 깨끗한 세상이다.

야자수 줄기 사이로 여명이 윤슬처럼 다가와 눈의 광채를 '와~' 하고 희망찬 공기를 내뿜는다.

수리성당 옆, 천사원 마당에 연분홍색 패딩 속에서 꿈틀거림이 느껴진다.

패딩 점퍼 속 작은 생명의 숨소리가 들린다.

꼬물꼬물, "으응 응, 으응" 가느다란 신호를 보내더니 커다란 울음으로 한 생명이 여기 있음을 알린다.

"응앵 응앵 응앵 응앵~~~~."

기도하던 안나 수녀님이 아기의 울음소리가 들리는 마당으로 달려가, 아기를 안고 이리저리 살펴보더니 재빠른 걸음으로 천사원 안으로 들어간다.

그것을 멀리 종려나무와 팽나무 사이에서 바라보던 20대 중반의 여자가 눈물을 삼키며 지켜보고 있다. 한참을 나무처럼 서 있던 그 여자는 천사원 마당을 등지고 앞으로 걸어간다.

다리로 걷는 건지, 뇌로 걷는 건지, 아무런 표정이 없다.

20대 중반의 그 여자는 잠시 걸어가던 발길을 멈추더니 고개를 돌려 천사원 마당을 하염없이 바라본다.

몇 번을 돌아보고 돌아보며, 핏기 하나 없는 얼굴로 금방이라도 쓰러질 듯 쓰러질 듯 눈길에 넘어지며 다시 일어나 걷고 있다.

아이는 따뜻한 방의 온기를 느끼며 우유병의 꼭지를 힘껏 빨아 생존 본능의 의무를 다한다.

1980년 1월 1일 오전 2시 출생이라고 적혀져 있는 쪽지와 연 핑크색 패딩 점퍼가 한 생명이 이 세상에 태어나 처음으로 받은 선물이다.

이사벨라는 그렇게 천사원 식구가 되었다.

천사원 마당에서 아이들의 웃음소리가 들린다. 하얀 눈을 뭉쳐 눈사람을 만드는 아이, 눈을 모아 성을 쌓는 아이, 손에 올려놓은 눈을 후후 불며 눈방울 놀이하는 아이, 맑은 영혼이 눈빛 속 천사들의 세상이다.

하얀 눈으로 덮여있는 천사원 마당 옆에 크리스마스 트리가 오색 빛으로 반짝거린다. 트리를 바라보며 눈보다 더 하얀 아이가 커다란 연분홍색 패딩을 발목까지 감싸고 맑은 눈을 깜박거린다.

"이사벨라, 여기 있었구나."

안나 수녀님이 이사벨라의 차가운 손에 보드라운 장갑을 끼워주며 털모자를 씌워준다. 7살 이사벨라의 엄마는 안나 수녀님이다.

긴 생머리에 회색빛 베일을 쓰고 가녀린 몸으로 "이사벨라, 이사벨라" 부르는 안나 수녀님의 음성은 천사의 목소리다.

안나 수녀님의 손을 잡고 하얀 눈 세상 천사원 마당으로 나가 놀이에 하나가 된 아이들 "하하, **하하, 아~아~**" 눈보다 더 하얀 웃음으로 신나는 놀이 속 세상으로 들어간다. 아이보다 더 즐겁게 놀이에 하나가 된 서른두 살의 안나 수녀님의 웃음소리는 아이처럼 맑고 곱다.

대학생 언니, 오빠들이 크리스마스 선물을 가득 안고 천사원으로 왔다. 방학 때마다 함께하는 언니, 오빠들. 하얀 세상 울타리 안은 사랑으로 가득 찼다.

언니 오빠들과 눈사람을 만들고, 그 옆에서 사진을 찍었다. 레오 오빠의 손을 잡고 방긋 웃는 이사벨라, 레오가 10살 되던 해, 천사원 가족이 된 이사벨라를 레오는 동생처럼 예뻐했다.

천사원 출신인 엄마를 따라 주말마다 봉사활동을 하던 레오의 눈에 이사벨라는 귀여운 여동생이다. 이사벨라도 레오가 천사원을 방문하는 날이면 맑은 눈이 더 반짝거린다.

레오 오빠의 손을 놓지 않고 졸졸 따라다니며 남매의 정을 나눈다.

레오 오빠는 대학 4년, 대학원 3년 동안 방학이 되면 친구들과 함께 천사원을 찾아와 봉사활동을 멈추지 않았다.

중학생이 된 이사벨라의 눈에 레오 오빠는 아빠이자 형제이다.

육군에 입대한 레오 오빠가 휴가를 받고 왔다. 하얀 목도리를 예쁜 상자에 넣어 '나의 예쁜 동생 이사벨라'라고 쓰여 있는 메모지와 편지를 이사벨라 손에 건네준다.

"이사벨라 키 많이 컸네, 조금 있으면 오빠만큼 하겠는데."

"레오 오빠는 깜치가 됐네요. 하얀 얼굴이 까매졌어요. 아주 건강해 보여요."

"이사벨라, 어디 아프거나 불편한 것 없지? 힘든 일 있으면 오빠에게 꼭 이야기해 주고."

천사원 마당 울타리의 장미들이 빗물에 색을 더해 불꽃 같은 빛을 발산한다.

수국 잎 위에서 뒹굴던 물방울이 툭 하고 떨어졌다.

"이사벨라, 오빠 제대하면 독일로 유학 가기로 했어."

이사벨라는 아무 소리도 들리지 않았다. 슬픔이 목구멍 안을 가득 채워 아무 말도 할 수가 없었다.

레오 오빠는 천사원 낙엽이 바스락거림과 함께 보이지 않았다.

이사벨라는 떨어지는 눈물에 편지가 젖을세라 손으로 눈물을 훔치며 몇 번을 읽고 또 읽었다.

"이사벨라, 이사벨라."

안나 수녀님이 수채화 물감과 스케치북을 손에 들고 이사벨라를 찾는다.

그림 그리기를 좋아하는 이사벨라의 마음을 알고 있는 안나 수녀님이 본당에 다녀오는 길에 물감과 붓, 4절 스케치북을 사 오셨다.

"안나 수녀님, 고마워요."

"안나 수녀님 먼저 그려 드릴게요."

"이사벨라 됐어~ 호호호."

안나 수녀님이 소녀처럼 입을 가리고 웃는다.

일주일 후, 안나 수녀님이 천사원을 떠나 본당으로 가셨다.

안나 수녀님을 매일 볼 수 없다는 사실이 이사벨라에게는 슬픔이였다.

천사원 돌담 옆 벤치에 앉아 눈물 흘리고 있는 이사벨라 옆으로 실비아 언니가 다가와 앉는다.

실비아 언니는 이사벨라의 하얀 목도리를 여미어 주며 손을 잡고 수리성당 안으로 걸어 들어가 무릎 꿇고 두 손 모아 기도 드린다. 수리성당 유리문 스테인드글라스 사이로 찬란하고 영롱한 빛이 이사벨라의 감은 두 눈으로 들어온다.

실비아 언니의 기도는 이사벨라의 마음을 아는지 숨을 쉴 수 있게 해주었다. 이사벨라는 천사원에서 봄, 여름, 가을, 겨울을 보냈다.

천사원에서 안나 수녀님과 레오 오빠와의 추억을 그림으로 표현하며, 물감 냄새에 코를 박고 지냈다.

그나마 슬픔의 공간에서 이사벨라의 마음의 위로가 되어 주는 것은 실비아 언니였다.

실비아 언니와 함께 울고 웃으며 과거와 현재의 추억들을 천사원 돌담에 차곡차곡 쌓아 두었다.

실비아 언니가 스무 살 되던 해 천사원을 나와 독립을 했다.

실비아 언니는 카페에서 알바를 하며 대학을 다니고 있지만 생활이 넉넉하지 않았다. 천사원에서 같이 살던 4살 위 언니의 집에 살면서 장학생으로 대학 학비를 면제받고, 알바도 서너 군데 뛰고 있지만 실비아 언니의 정신없는 기초생활은 더 나아지지 않았다.

실비아 언니는 정신없이 바쁜 와중에도 이사벨라를 동생처럼 챙기며, 이사벨라의 대화 상대가 되어 주고, 따뜻한 마음의 안식처가 되어 주었다.

온 세상이 푸르름으로 뒤덮인 오월, 장미축제 행사장에서 알바를 하던 실비아 언니가 이사벨라를 행사장으로 데리고 갔다.

형형색색의 장미들이 여기저기 아름다움을 뽐내며 다가와 이사벨라에게 이야기한다.

장미향에 취해 있던 그때, 레오 오빠와 함께 장미꽃 가득한 수리성당에서 사진 찍었던 추억이, 영상처럼 지나갔다. 그런데 사진 속의 레오 오빠가 멀리서 다가온다. 레오 오빠는 눈이 부시도록 멋있었다. 반짝이는 눈웃음은 아침 햇살을 투영한 빛으로 내뿜으며 다가온다.

"이사벨라, 오랜만이다."

이사벨라는 아무 말도 할 수가 없었다. 그것은 꿈이 아니라 현실이었다.

레오는 손에 들고 있던 음료수를 이사벨라에게 건네주었다.

"이사벨라, 잘 지내고 있었지, 정말 오랜만이다."

"참 이사벨라, 소개해 줄 사람이 있어."

레오가 로사에게 다정한 눈빛을 보낸다.

"안녕하세요. 로사예요. 레오의 아내 로사."

"만나서 반가워요. 레오에게 이사벨라 이야기 많이 들었어요."

"레오가 말한 것처럼 피부도 하얗고 참 예쁘네요."

"앞으로 우리 자주 만나요."

로사는 이야기로만 듣던 이사벨라를 만나 반갑다는 표정으로 이사벨라의 손을 잡고 둥근 원탁으로 데리고 가서 앉는다.

긴 파마머리에 하얀색 원피스를 입은 로사는 너무도 아름다웠다.

그동안의 일들을 이야기하며 레오 가족과 하나가 된 느낌으로 저녁을 먹고 노을 진 장미 속을 산책하며 꿈속 같은 하루를 보냈다.

레오가 독일 유학 중에 쾰른 성당에서 만난 로사, 레오는 아픈 로사를 만나 사랑하게 되고, 동갑내기 부부가 되었다.

주말이면 레오 가족과 함께 보내던 이사벨라에게 레오 오빠가 조용히 입을 연다.

"이사벨라, 우리 가족이 되면 어떨까? 우리의 딸이 되어 줄 수 없을까?"

옆에 있던 레오 아내가 이사벨라의 손을 포근히 잡아준다.

"이사벨라가 우리 가족이 되면 참 좋겠다."

천상의 눈빛과 목소리로 말을 건넨다. 너무나 부드럽고 다정하게, 이사벨라는 양손으로 코와 입을 만지며 망설인다.

"이사벨라, 앞으로 한번 곰곰이 생각해 보자."

172

"당장 그렇게 하자는 것은 아니야 이사벨라."

레오가 이사벨라의 어깨를 또닥또닥 두드리며 따뜻한 미소를 보낸다.

레오의 아내 로사는 이사벨라와 친구가 되었다.

주말이면 이사벨라와 함께 쇼핑도 하고 영화도 보고, 하리 강가를 산책하며 수다도 떨었다.

천사원을 독립해야 될 시기가 되자 레오 오빠네 가족이 조심스럽게 이사벨라에게 이야기한다.

"이사벨라 생각해 봤니!"

"네."

그렇게 이사벨라는 진짜 새로운 가족이 생겼다. 주민등록 등본에 적힌 이사벨라 아빠는 레오, 엄마는 로사이다.

이사벨라는 한 가족의 구성원이 되어 대학도 다니고 오월의 푸르름을 자유롭게 즐겼다. 서리 대학교 간호학과에 수석으로 들어간 이사벨라는 그동안 열심히 공부한 보람이 있었다. 장학생으로 과 수석을 놓치지 않고, 자신의 꿈을 향해 도전하면서 다른 사람들에게 도움이 되는 사람으로 살아가기 위한 준비를 열심히 하고 있다.

이사벨라는 대학 졸업 후 보건직 공무원에 도전하기 위해, 알바도 열심히 하고 도서관에서 보내는 시간이 점점 많아졌다.

결혼을 하고 7년이 지나도록 임신이 안 되던 로사가 서른일곱 되던 해에 임신을 했다.

레오 가족에게는 축복이었지만 이사벨라 얼굴에는 그늘이 지기 시작했다.

이사벨라는 혼자만의 갈등 속에서 헤어 나오지 못한다.

드디어 가족이 모인 자리에서 이사벨라가 조심스럽게 입을 열었다.

"저도 이제 대학 졸업반이라 취업도 해야 되고, 독립했으면 합니다."

강력하게 반대하던 레오와 로사도 어쩔 수 없었다. 오피스텔을 빌려 이사벨라를 독립시킬 수밖에 없었다.

이사벨라는 다시 혼자가 되었다.

이른 아침 배낭을 메고 오피스텔을 나와 홀로 전철을 탔다. 서울역에서 내린 이사벨라는 잠시 망설이더니 목포로 가는 기차표를 사고, 서울역 안으로 들어가 모퉁이 의자에 앉는다.

한참을 무표정한 얼굴로 앉아 있던 이사벨라가 호주머니에서 기차표를 꺼내 살펴보더니 자리에서 일어선다.

목포로 가는 무궁화호에 몸을 싫은 이사벨라는 창밖을 바라보며 눈을 감았다. 천천히 달리는 기차는 이사벨라의 마음의 휴식이 되었다.

많은 갈등과 생각들의 속도를 줄여 주었다.

바다가 보고 싶었다.

목포역에서 내린 이사벨라는 바다를 향해 무조건 걸었다.

천천히 뚜벅뚜벅 힘없이 걸어가던 이사벨라의 눈에 바다가 보인다. 아직도 찬바람이 불어오는 봄날의 목포 바다는 추웠다. 아무도 없는 모래밭에 앉아 목포의 드넓은 바다를 하염없이 바라보았다.

마음의 흔적들을 바다에, 바닷바람에 날려 보내고 싶었다.

이사벨라는 다시 걷고 싶었다. 하염없이 걷고 싶었다.

이사벨라는 홀로 남해 둘레길을 걸었다.

앵강만을 바라보며 레오를 그리고, 앵강 숲의 울림에 목 놓아 울었다.

바래길을 걸으며 모든 것들을 갯벌에 놓아 버렸다.

이사벨라는 대학을 졸업한 뒤 파양 신청하고, 서아프리카 가나로 떠났다.

로사가 아이를 낳았다. 남자아이 바오로.

가나에서 봉사활동을 하며 지내던 이사벨라에게 뜻밖의 소식이 전해졌다.

로사가 아이를 낳고 두 달 만에 하느님 품으로 돌아갔다는 소식이었다. 이사벨라는 시름시름 앓기 시작했다. 건강이 계속 좋아지지 않자 동료들이 한국에 가서 치료받을 것을 권유했다.

한국으로 돌아와 치료받으며, 생활하던 중, 우는 아이를 달래며 안절부절못하는 레오를 만났다.

"이사벨라, 너 한국에 있었니! 왜 연락하지 않았어."

"오빠. 애가 우네요. 이리 줘 보세요."

이사벨라는 우는 아이를 받아 안고 달랬다.

"애가 감기에 걸려서 소아과에 다녀오는 길이야."

이사벨라는 레오 손에 들고 있던 기저귀 가방에서 우유병을 꺼내 아기에게 물리자, 애는 배가 고팠는지 우유병 바닥을 보이고 나서야 레오의 얼굴을 하고 쌔근쌔근 잠이 들었다.

레오와 이사벨라는 그동안의 일들을 이야기하고 전화번호를 남긴 채 헤어졌다.

레오와 아기의 눈망울이 이사벨라의 공간에서 맴돌았다. 이사벨라의 머릿속 세계는 레오와 아기의 꼼틀거리는 작은 손밖에 보이지 않았다.

레오 오빠 집은 이사벨라가 사는 오피스텔에서 30분 거리에 있다.

마당이 넓은 이층 집.

아래층에는 레오와 바오로가 살고, 이층에는 레오 엄마가 산다.

이사벨라는 레오의 집을 자주 드나들며 아기를 돌봤다.

레오를 오빠가 아닌 사랑의 마음으로 다가오는 것을 감추며 아기의 옹알이에 웃음을 지었다.

이사벨라는 혼자만의 사랑이 얼마나 아픈지, 사랑해선 안될 사람을 사랑하는 것이 얼마나 숨이 막히는지, 온몸의 뼈와 얼굴의 근육들이 힘을 잃어 갔다.

몸속에 있는 미세한 세포들마저 통증을 일으키며 온몸을 돌아다녔다.

수리성당의 종소리가 메아리친다.

이사벨라는 성모 마리아 앞에 무릎을 꿇고, 두 손 모아 간절히 기도했다.

레오 아들의 엄마, 레오의 아내가 되게 해 달라고. 눈물이 목줄기를 타고 흘러내린다.

이사벨라가 살고 있는 오피스텔 1년 계약기간이 끝나간다.

평소에도 딸처럼 돌봐주던 레오 엄마가 같이 살면 어떨까? 하고 이사벨라에게 조심스럽게 제안을 한다.

오피스텔을 나온 이사벨라는 레오 엄마 집으로 들어갔다. 이층 레오 엄마와 함께 지내며, 레오의 아들 바오로와 함께 잠을 자고 엄마 엄마라고 부르는 아이와 함께 하루하루를 보냈다.

주말이면 레오의 대학 의료봉사 동아리 친구이자, 병원 동료인 민은영이 레오 집에 놀러 온다. 민은영은 170㎝ 키에 날씬하고 세련된 이미지에 밝고 활발한 성격의 소유자이다.

레오 엄마는 은영을 딸처럼 생각하며, 스스럼없이 밥도 먹고 수다도 떨면서 시간을 보낸다.

"은영이가 레오를 좋아하는 것 같은데 같이 결혼해서 행복하게 살았으면 좋으련만."

민은영이 놀다간 체온을 만지며 레오 엄마는 아쉬운 맘을 이사벨라에게 털어놓곤 한다.

소록도에 의료봉사를 다녀온 레오가 거실에서 놀고 있는 바오로에게 다가가 번쩍 안아 목마를 태워 준다.

"까르르, 까르르."

웃는 아이의 웃음소리에 둘은 행복한 웃음을 지었다.

"이사벨라, 그동안 바오로 보느라 고생이 많았다."

"너무 고맙고 감사해, 하지만 이사벨라, 너도 이제 남자친구도 만나고 연애도 해야지."

"저는 바오로와 함께 지내는 것이 더 행복하고 좋은데요."

레오와 이사벨라가 이야기를 주고받는 사이, 바오로가 이사벨라 품으로 다가와 눈을 깜박거리며 작은 입을 벌려 하품을 한다.

바오로는 이사벨라의 품에서 쌔근쌔근 잠을 잔다. 이사벨라는 방으로 들어가 바오로를 침대에 눕히고 거실로 나왔다.

거실 소파에 앉은 레오가 하던 말을 계속 이어간다.

"이사벨라, 이제는 너도 너의 행복을 찾아야지, 너의 인생에 대해 한번 깊이 생각해 보자."

레오는 고등학교 후배 정지훈을 이사벨라에게 소개해 주었다.

증권회사에 다니는 정지훈은 넉살 좋게 말을 잘하고, 살짝 통통한 체격에 이사벨라보다 3살 위 29살이다.

정지훈은 이사벨라가 맘에 들었는지 바쁜 시간을 쪼개어 주말이면 맛집을 찾아다니며 이사벨라에게 주말을 헌납했다.

일 년이 지나고 겨울이 되자 레오의 의견에 못 이겨 이사벨라와 지훈은 결혼했다. 이사벨라는 오로지 레오만의 가슴 속 깊은 곳까지 자리 잡은 상태였다.

결혼생활은 1년을 넘기지 못하고 합의 하에 이혼을 선택했다.

이사벨라의 레오에 대한 사랑의 눈빛은 속일 수가 없었다. 레오의 마음으로 잔잔하게 그리고 천천히 들어오고 있었다.

이사벨라의 사랑과 레오의 혼란스러운 사랑은 돌고 돌아 하나가 되었다. 세상 편견은 필요가 없었다. 사랑만이 존재할 뿐, 레오와 이사벨라는 신부님 앞에 서서 성혼서약을 한다. 'Ave Maria' 메아리가 종탑을 타고 울려 퍼진다. 종려나무와 팽나무 사이로 빗줄기가 흘러내린다.

이사벨라의 결혼생활은 행복했다.

엄마, 아빠, 아이들이 함께하는 가정이란 울타리가 무엇을 의미하는지, 사랑하는 마음으로 가족과 함께하는 것이 얼마나 소중하고 감사한지 조금은 알 수 있을 것 같았다.

이사벨라는 가슴이 뛰고, 벅차올랐다. 바오로가 방긋 웃는다.

바오로도 엄마의 빈자리를 느끼고 있을까?

연분홍색 패딩 속에 버려졌던 그때의 나의 마음과 같을까?

바오로를 힘껏 안아 볼을 비볐다. 마음이 벅차올라 눈물이 났다.

생명의 존귀함 속에 태어난 소중한 나의 아들 바오로.

바오로는 나의 생명이다. 이사벨라는 혼자 중얼거렸다.

바오로는 이사벨라의 마음을 아는지 천사 같은 얼굴을 하고 포근하게 이사벨라의 품에서 잠을 잔다.

이사벨라는 바오로를 안고 추모공원으로 갔다.

라벤더 향이 가득한 보라색 물결을 지나, 하얀 데이지꽃 사이로 로사가 활짝 웃고 있다.

바오로도 활짝 웃는다.

"로사 언니, 바오로 걱정하지 마세요."

로사가 다가와 이사벨라와 바오로를 따뜻하게 안아 준다.

레오가 일찍 퇴근하여 오랜만에 가족이 한자리에 모여 저녁을 먹었다.

대학병원 외과 의사인 레오는 병원 일이 바빠 가족과 한자리에 모여 밥 먹기가 쉽지 않다. 오늘은 레오가 바오로를 안아 우유를 먹이고, 기저귀를 갈아 주며, 목욕을 시켜준다.

바오로가 걸어 다닌다. 재롱을 부리며 레오와 이사벨라의 얼굴에 웃음꽃을 그려주고 있다.

레오와 함께 밥을 먹던 이사벨라가 헛구역질을 한다.

"이사벨라, 속이 안 좋구나, 어디 아픈 것 아니니."

레오가 이사벨라에게 다가와 등을 쓸어 준다. 그래도 헛구역질이 멈추지 않는다. 이사벨라는 화장실로 달려가 헛구역질을 계속했다.

"이사벨라, 안 되겠다. 병원에 가 보자."

"조금 있으면 괜찮을 거예요."

"이사벨라, 아무래도 안 되겠어, 빨리 병원에 가자."

레오의 성화에 못 이겨 레오와 이사벨라는 병원으로 갔다.

내과 의사 선생님이 산부인과를 가 보라고 한다.

"축하드립니다. 임신 4주째입니다."

꿈틀거린다.

이사벨라의 뱃속에서 새로운 생명이 신호를 보낸다.

또 하나의 생명이 이사벨라에게 찾아왔다.

이사벨라는 엄마가 보고 싶었다.

"나의 엄마는 어떤 분일까? 어떤 사연으로 나를 천사원, 그 차디찬 마당에 놓고 가셨을까?"

이사벨라는 배를 만지며 혼자 중얼거렸다.

이사벨라의 마음을 알아차린 레오가 이사벨라의 엄마를 찾아 다닌다.

레오는 본당으로 안나 수녀님을 찾아갔다.

이사벨라 생모는 이사벨라를 천사원에 놓고 간 10년 후, 안나 수녀님을 찾아와 이사벨라의 얼굴을 멀리서 보고 갔다고 한다.

레오가 이사벨라 손을 잡고 천사원으로 갔다.

천사원 마당에서 놀고 있던 아이들이 달려와 레오와 이사벨라를 껴안으며 반긴다.

천사원 공터에서 레오와 아이들이 축구공이 터져라, 신나게 축구를 한다.

행복한 아이들이 웃음소리는 천사원 마당에서 빨래를 널고 있는 이사벨라의 귀에까지 들려왔다.

이사벨라는 시원한 물과 아이스크림을 하얀 비닐봉지에 넣어 축구장 아이들에게 나눠 주며 이마에 흐르는 땀을 수건으로 닦아 주었다.

레오의 얼굴에도 땀이 몽골, 몽골 흘러내린다. 이사벨라는 사랑스런 얼굴로 수건을 접어 레오의 땀을 조심스럽게 닦아 주었다.

이사벨라는 천사원 울타리 돌담을 지나 아기들이 있는 방으로 조심스럽게 손으로 배를 감싸며 들어갔다.

　이리 뒤척 저리 뒤척 잠을 자는 아이, 천사의 얼굴을 하고 행복한 꿈을 꾸며 눈을 감고 방긋방긋 미소를 지으며 잠을 자는 아이, 쪽쪽이를 오물오물 빨며 자는 아이. 이사벨라는 잠자는 아기들이 깰까 봐 조심조심 방구석으로 굴러가 잠자고 있는 아기 옆으로 다가가 걷어찬 이불을 아이 배 위로 살며시 덮어 주며 조심스럽게 앉았다.

　우는 아이를 안고 달래며, 옆방으로 건너가, 우는 아기 입에 우유병을 물리고 기저귀를 갈아주는 50대 여인이 이사벨라를 바라보며 아쉬운 듯한 미소를 보낸다.

　레오와 이사벨라는 천사원을 나와 차를 타고 레오 집 앞 주차장에 차를 세웠다.

　"이사벨라 우리 공원 산책하고 들어갈까?"

　레오와 이사벨라는 손을 잡고 집 근처 공원으로 걸어가 산책을 했다.

　공원 입구 인공폭포 바위 옆 물레방아가 열심히 물레를 돌리고 있다. 레오와 이사벨라는 자귀나무 아래 벤치로 걸어가 앉으며 레오는 이사벨라의 눈을 살며시 바라본다.

　"이사벨라, 엄마를 찾았어."

　레오는 이사벨라를 포근히 안아 주었다. 레오도 이사벨라도 아무 말이 없다.

　천사원에서 울던 아기에게 우유병을 물리고 기저귀를 갈아주던 50대 여인이 이사벨라의 엄마라고 한다.

　이사벨라의 생모 이순이는 23살에 이사벨라를 낳고 미혼모로 반지하 월세방에서 편의점 알바를 하면서 생활했다. 홀어머니 밑에서 고등학교를 졸업하고 취업을 준비하는데 취업이 쉽지가 않았다. 이사벨라를 키울 능력이 되지 않아 천사원 마당에 놓고 올 수밖에 없었던 생모 이순이는 의류 공장에 다니면서 생활이 나아지면 이사벨라를 데리고 오려고 애를 썼다. 하지만 생활은 나아지지 않았다. 직장 생활을 하면서 만난 2살 위 강우혁과 6개월간의 교제 끝에 결혼하게 된다.

하지만 강우혁은 여자관계가 복잡했다. 이순이는 행복한 가정을 꾸리지 못하고 3년 동안의 결혼생활을 마무리했다.

이사벨라의 생모 이순이는 딸 하나를 키우며 결혼시키고, 홀로 지내며 천사원 봉사활동을 하고 있었다.

이사벨라는 머릿속이 하얀 물안개로 변했다. 아무 말도 할 수가 없었다.

방울방울 흘러내리는 눈물을 레오가 하얀 손수건으로 부드럽게 닦아 주며, 이사벨라를 따뜻하게 안아 주었다. 그리고 레오가 웃옷을 벗어 이사벨라 어깨 위에 걸쳐 준 후에 이사벨라의 손을 잡고 공원을 걸어 나왔다.

뜨르륵~, 뜨르륵~ 레오 엄마이자 시어머니인 경숙이 방에서 바오로와 함께 잠을 자다 현관문 소리에 잠을 깬다.

눈을 비비며 거실로 걸어 나온 경숙은 이사벨라 곁으로 다가가 창백한 이사벨라의 얼굴을 만진다.

"이사벨라, 잘 다녀왔니! 얼굴이 차구나, 바오로는 금방 잠들었다. 배고프지"

이사벨라를 친딸처럼 아끼며, 바오로의 할머니 역할에 최선을 다하는 경숙은 이사벨라의 마음을 누구보다도 잘 아는 시어머니이자 엄마 같은 존재이다.

경숙은 아무 말 없이 이사벨라를 따뜻하게 안아 주었다.

주방으로 들어가 밥을 차리고 이사벨라를 식탁에 앉게 한다.

레오와 이사벨라가 식탁에 앉아 수저를 들고 밥을 먹기 시작하자, 경숙은 자신의 집 이층으로 올라갔다.

이사벨라의 몸은 점점 무거워졌다. 바오로의 재롱도 점점 늘어났다. 이사벨라를 끝없이 사랑하고 아픔을 감싸며, 한없는 사랑으로 바라보는 레오는 성실하고 다정한 가장이자 따뜻한 바오로의 아빠이다.

산통이 시작되었다.

엄마의 마음과 마음이 전해진다. 소중한 생명이 이사벨라의 뱃속에서 나와 탯줄을 끊고 이사벨라 품에 안겼다. 이사벨라의 두 번째 아들 다니엘, 커다란 울음소리로 세상에 나왔음을 알린다.

바오로가 신기하듯 다니엘을 바라본다.

엄마 품에서 젖을 빨고 있는 다니엘 옆으로 바오로가 다가와 이사벨라의 가슴에 얼굴을 파묻는다.

이사벨라는 바오로를 힘껏 껴안아 사랑의 마음을 전했다.

"바오로 사랑해."

이사벨라는 아이들의 커 가는 모습을 바라보며 웃음꽃이 담벼락을 가득 채웠다.

햇살이 따스한 봄날 오후, 다니엘을 유모차에 태운 레오가 공원을 산책하고 있다. 이사벨라 손을 잡고 공원 잔디광장을 걸어가던 바오로가 잠시 멈추더니, 풀꽃을 꺾어 이사벨라 손에 갖다 준다. 그리고는 레오와 다니엘이 있는 곳으로 달려가 유모차에 있는 다니엘의 손을 만지며 활짝 웃는다. 공원 벤치에 앉아 가족사진을 찍었다.

레오 품에 안긴 다니엘, 이사벨라 옆에 기대앉은 바오로, 사진 속 레오 가족은 행복해 보였다.

레오의 가족사진.

전화벨이 울린다.

이사벨라가 다급하게 병원으로 달려갔다.

레오가 산악 등반 동아리 행사에 참여하고 돌아오는 길에 다랑봉에서 패러글라이딩 추락사고가 발생했다. 레오는 현장으로 뛰어들어 다친 사람을 구하려다, 나무에 걸려 벼랑으로 떨어졌다.

119구급차를 타고 병원으로 달려가 심폐소생술을 실시했으나 소생시키지 못하고, 의사 선생님이 사망 시간을 알려주었다.

레오는 사랑하는 사람들을 이 세상에 남겨두고 혼자 떠나갔다.

얼마나 아팠을까?

내 사랑 레오, 그 사람이 떠나갔다.

나의 태양이 사라졌다. 나의 태양이.

3년이 지났다.

아직도 그리운 사람 레오.

아프다. 아직도 아프다.

보고 싶다.

나의 사랑 레오.

종탑의 시곗바늘이 숫자 12를 가리킨다.

안나 수녀님이 빛바랜 편지를 들고 와서 이사벨라에게 전해준다.

로사의 편지다.

가나로 떠난 이사벨라에게 전하지 못한 로사의 편지.

로사가 아픔 속에서 써 내려간 편지.

레오와 바오로를 부탁한다며 로사가 고통 속에서 써 내려간 빛바랜 편지.

이사벨라의 눈물이 심장을 파고들었다. 통곡하며 목 놓아 울고 싶었다.

이사벨라는 아무런 표정 없이 한참을 멍하니 앉아있다. 안나 수녀님도 아무 말이 없다.

이사벨라는 안나 수녀님을 따라 천사원 아기 방으로 갔다.

백옥같이 예쁜 아기가 핑크색 이불 위에 누워 손과 발을 바동, 바동거리며 웃고 있다.

"루시아를 보는 순간 이사벨라가 생각났어."

안나 수녀님이 이사벨라 손을 잡고 루시아 옆으로 가서 앉는다.

"이사벨라가 천사원에 왔을 때 모습하고 너무 닮았단다."

"아기가 너무 예쁘네요."

루시아와 이사벨라의 눈이 마주치자 루시아가 방긋 웃는다.

"이름이 루시아예요. 이름도 너무 예뻐요."

천사원 마당에서 놀고 있던 바오로와 다니엘이 방으로 달려와 루시아를 신기하듯 바라본다.

"엄마, 엄마, 루시아 우리 집으로 데리고 가요."

이사벨라는 루시아를 가슴에 품었다.

귀하고 소중한 루시아는 이사벨라가 가슴으로 낳은 딸이 되었다.

천사처럼 귀엽다며 바오로와 다니엘이 루시아의 작은 손을 잡아주었다.

이사벨라의 손을 레오가 잡아 준 것처럼.

따뜻하게 내리쬐던 태양이 종탑 끝에 걸려 있다.

외할머니 손을 잡은 바오로와 다니엘이 차에 올라탔다.

이사벨라의 품에 있던 루시아를 이순이 엄마에게 건네준다.

루시아를 안은 외할머니가 물을 꺼내 바오로와 다니엘에게 넘겨준다.

운전대에 앉은 이사벨라가 차를 몰고 어딘가로 향했다.

이사벨라를 낳고 키우지 못해 평생 죄인으로 살아온 엄마 이순이. 레오가 없는 자리에서 이사벨라를 묵묵히 지켜보며, 이사벨라의 힘이 되어 주고 있다.

아이들의 '할머니 엄마'가 되어, 이사벨라에게 못다 한 사랑을 손자들에게 품어 주고 있다.

추모공원에 도착했다.

차에서 내린 바오로와 다니엘이 꽃다발을 들고 빠른 걸음으로 달려가 레오와 로사에게 인사를 한다.

운전석에서 내린 이사벨라가 외할머니 품에 안겨있는 루시아를 안고 레오와 로사가 웃고 있는 곳으로 천천히 걸어갔다. 이사벨라를 뒤따라가던 외할머니 이순이는 서글픈 울음을 손수건으로 훔치며 손자들을 바라본다.

풀꽃 사이로 레오와 로사가 활짝 웃고 있다.

추모공원을 가득 채운 배롱나무가 너무나 화사하고 슬프다.

바오로와 다니엘이 이사벨라에게 다가와 활짝 웃는다.

루시아도 방긋 웃는다.

웃고 있어도 눈물이 났다. 이사벨라의 마음속 눈물이 터졌다.

가슴이 터지도록 그립고, 그리운 사람.

눈물 나도록 보고 싶은 사람.

마음이 쓰리도록 아픈 사람.

보고 싶다.

그 사람이 보고 싶다.

사랑하는 그 사람은 아직도 나의 아픔이자 그리움이다.

이사벨라는 보건직 공무원이 되어 사라 보건소에 다닌다. 이순이 엄마는 손자들의 육아를 담당하며 바오로, 다니엘, 루시아의 웃음소리에 삶의 활력소를 찾고 있다.

정신적으로 경제적으로 홀로서기에 도전하는 이사벨라는 바오로, 다니엘, 루시아의 든든한 버팀목이자 기둥이다. 이사벨라는 오늘도 꿈을 꾸고 희망을 품는다. 건강한 미래, 행복한 미래를 위해 오늘도 도전한다.

주말이 되면 이사벨라는 어김없이 천사원으로 달려갔다.

아픈 아이들을 간호해주며 천사원 봉사 활동에 헌신한다.

레오가 엄마와 함께 천사원 봉사 활동에 열정을 다한 것처럼.

이 세상 모든 아이들이 외로워하지 말고, 사랑을 받고 있다는 것을 느꼈으면 한다. 충분히 사랑받을 자격이 있는 우리 아이들에게 희망이 있음을, 사랑이 있음을 알았으면 한다. 우리 어른들이 알려 줬으면 한다. 아이들이 사랑을 느낄 수 있도록 도와줬으면 한다.

'Ave Maria' 노랫소리가 천사원 아이들의 입을 통해 울려 퍼진다.

아~~베 마리~~아~~

닭알이 사라진다

제주밥상 김마마

제주밥상 김마마

제주로 시집 온 서울토박이(김양희가 쓰고 그린 시어머니의 제주밥상) 생애 첫 작품이다.
서울 1번지 종로에서 태어나 뼛속까지 도시아이, 아스팔트 위의 여자로 50년을 살았다.
제주 살이 십년을 묶은 인생 첫 작품과 앞으로 내가 쓰고 그린 이야기가 무척 궁금하다.
세 번째 스무 살을 살아가는 지금 매년 이야기책 하나씩 묶어내는 챌린지를 하기로 했다. 인간계에서 겪은 모든 에피소드가 글감이 되고, 감성을 끌어내어 그림도 그릴 것이다.
매일 해가 뜨듯이 나의 아침은 가슴 벅차고 뿌듯한 마음으로 시작되는 나날을 기대하며~

1.

나는 사람이 많이 사는 도시에서 태어났지. 도심 주변으로 귤밭이나 하우스가 많고 너른 밭도 많은 곳이야. 엄마냥하고 떨어지게 되면서부터 나는 홀로서기를 해야 했어. 먹을 것을 찾아 헤매다 지쳐 쉬려고 해도, 길거리엔 차도 많고 개 녀석들도 많았어. 네 발로 딛는 아스팔트 위는 차갑기만 했고 나는 쉴 곳을 쉽사리 찾지 못했지. 거리에서 방황하고 굶주리며 하루를 버텼어. 사람들은 나를 길고양이라고 불러.

먹을 것을 찾으러 종종 클린하우스에 가지만 요새는 음식물을 따로 보관하는 통이 있어서 좀처럼 먹을 걸 찾기가 어려워. 차라리 편의점 근처나 식당 주변이 훨씬 형편이 좋아. 멀리서라도 내 모습을 본 맘씨 좋은 사람이 가끔 음식물이나 사료를 주기도 하니까. 그 덕에 그럭저럭 살만했지만, 먹는 것보다 마음 편히 살 곳이 더 중요했어.

2.

장마가 시작되는 즈음이었을까? 슬며시 빗살 하던 어느 날, 길바닥은 촉촉이 젖어가고 날이 어두워지면서 하늘엔 곧 비가 쏟아질 것처럼 검은 구름이 낮게 깔렸어. 한참을 정처 없이 이리저리 걷다 보니 사람이 잘 다니지 않는 올레길이 나타난 거야.

"이리로 가 볼까?"

흠~ 올레길. 아련한 저편으로부터 바람이 불어와 내 털끝을 보드랍게 스치는 바람이 불어오는 길목이야. 시원한 바람이 불고 비도 촉촉이 내리니 방해할 녀석들이 없으면 좋겠어. 혹시 어떤 녀석이 길목을 가로막으면 어쩌지? 그래도 길 끝까지 가 볼까? 한 발 한 발 내디뎠어. 여기는 어딜까? 컴컴한 길 한쪽 엔 회색빛 벽이 높게 세워져 있고, 길 초입에 불빛이 있는 것 으로 보아 사람이 살고 있다고 느껴져. 주차장엔 자동차가 두 대 서 있는 집이야.

회색 담벼락 뒤론 작은 아파트가 있고, 길 앞으로 물 흐르는 소리가 나는 것을 보니 내창이 있는 올레길인가 봐. 살살 몇 걸음을 더 지나가니 작은 창고와 그 옆으로 쌓아 놓은 부수어 진 가구들이 어지러이 널려 있어. 구석진 한편에는 잡동사니를 태우는 드럼통이 세워져 있고. 이 정도 들어왔는데 쓰레기가 쌓인 것을 보니 더 들어가 봐도 내가 있을 곳이 있을까 하는 생각이 들어. 그래도 이왕에 나선 길이고 멀리서부터 코끝을 스치는 시원한 바람이 불어오는 것을 보니 저 길목을 지나면 크고 넓은 터가 있을 것 같았어. 조금 더 들어가 볼까? 궁금하 잖아.

점점 올레길 끝이 보이는데 사람 냄새는 나지 않았지만 개, 고양이, 닭, 산양 냄새가 났어. 이곳은 내가 다녀본 과수원과 같은 냄새가 나지 않아. 농약을 치지 않은 것이 틀림없어. 오 흥~ 살짝 마음에 드는 곳이야. 이런 곳에서 새끼를 낳으면 새 끼들도 건강히 잘 키울 수 있겠는걸.

살살 소리 없이 길 끝에 다다르니 과수원이 나타났어. 옹~ 개가 짖는 걸 보니 저 녀석이 내 냄새를 맡은 모양이야.

"어쩌지? 개 녀석이 있으면 낭패인데 말야. 그냥 돌아 나갈 까? 다른 곳을 찾아볼까?"

에잇 여기까지 왔는데, 그리고 이렇게 좋은 곳을 찾았는데 저 개 녀석에게 친하게 지내자고 먼저 말을 걸어 볼까? 가까이 갈수록 개 녀석은 이 밤이 떠나가도록 짖고 있으니, 우선 여기 서 멈추고 비를 피해야겠어.

내가 길고양이긴 하지만 밤에 저리 시끄럽게 짖는 녀석은 질 색이야. 아무리 집 지키는 녀석이지만 사람들이 자는 시간에 동네가 떠나가도록 짖어대니, 내가 좀 참고 잠시 쉬어갈게. 고 만 짖어라, 개 녀석아~ 사람들 생각도 좀 해줘야 하지 않겠니?

3.
한참 시간이 흐르고 동이 트기 전, 아직은 어두움을 품고 있 는 이곳을 탐색하려고 슬슬 움직여 보았어. 나야 워낙 발소리 는 안 나니, 저 개 녀석이 꿈나라에서 아직 깨어나지 않기를 바라면서 조용히 발걸음을 떼어 보았어. 곯아떨어졌는지 별다 른 움직임이 없길래 소리 없이 사뿐사뿐 이리저리 마음껏 돌아 다니며 농장을 탐색해 보았어.

이곳은 꽤 넓어 보였어. 쑥대낭이 있는 경계까지 가려니 무 척 멀게 느껴졌지만 기운차게 뛰어가 보았는데 측량은 안 해 봤지만 족히 이천 평은 되어 보이는 거야. 무슨 경계선이 이리 도 길으냥? 헉헉, 엊저녁 먹은 것이 없어서 기운이 딸리지만 경계를 기억해야 하니 한 바퀴 휘 돌아보았어. 몸으로 기억을 해야 해. 숨을 곳도 필요하거든~

어느새 동이 트고 새들이 짹짹 거리며 시끄럽게 지저귀고 있지만 여전히 개 녀석은 조용해. 새벽에 잠을 자둬야 하는데 새들은 동이 트기 시작하면 저렇게 하루 종일 지저귀며 지내지. 잠이 오려나? 아함~ 졸리다. 우선 잠잘 곳부터 좀 찾아봐야겠어. 오늘은 임시로 저 하우스 위에 올라가 볼까? 다행히 아침 해를 가려줄 만한 곳을 찾았어. 그래 여기가 좋겠네. 좀 피곤하니 우선 한숨 자자.

4.

월월월월~~ 어느 집 개가 짖나? 했더니 어젯밤 내 소리와 냄새를 맡고 짖어대던 그 녀석의 개소리였어. 어휴 귀청 떨어지겠네. 내가 이렇게 조용히 자고 있는데 어찌 알았지? 아함~~ 좀 더 자고 싶다. 기지개를 켜면서 자리를 다시 잡으려는데 남자 사람 소리가 나는 거였어. 오호라. 이 과수원에는 사람이 살고 있구나. 어젯밤엔 사람 냄새를 못 맡았는데, 에휴. 나도 처음 들어서는 곳이라 긴장을 했나 봐.

저 남자 사람은 일찍 일어나는 스타일인가보다. 아직 산도록한 이 새벽에 무엇을 하려나? 궁금하던 사이 트럭을 움직이며 개 녀석에게 차를 타라고 하는 거야. 나는 쾌재를 불렀지. 개 녀석이 자리를 뜨면 과수원 탐색을 안전하게 할 수 있겠지. 개 녀석을 태운 트럭은 내가 들어온 올레길을 따라 탈탈탈탈 소리를 내며 멀어져 갔어. 어휴, 저 개 녀석 덩치가 얼마나 큰지 내가 저 녀석 몸에 깔리면 나는 폭삭 덮이겠는 걸.

5.

개 녀석이 언제 들어올지 모르지만 우선 못다 잔 잠부터 좀 더 자려고 몸을 똘똘 말고 있었어. 그런데 문 여는 소리가 들리더니 또 다른 개 녀석 소리가 시끄럽게 들려와. 저 개 녀석은 또 뭐람? 집안에서 살고 있는 녀석인가? 어라, 내가 있는지 어찌 알았지? 하우스 안으로 들어와서 나를 뚫어져라 쳐다보며 짖고 있어. 나 어떡해? 저 녀석 눈에 안 보이는 곳으로 우선 피해야겠다 싶어 쏜살같이 하우스 파이프를 타고 밖으로 넘어가 구석진 곳으로 숨었어. 다행이었어. 대나무밭이니 촘촘한 곳에 숨으려고 어제 봐둔 곳으로 갔어. 저 개 녀석이 여기까지 들어 올 수는 없을 거야. 헉헉~ 숨차다. 나보다 더 빠른 놈을 만나다니.

저 작지 않은 몸집의 개 녀석은 대나무밭 앞에서 나를 쳐다보며 기운차게 짖고 있어. 몸이 무척 빠른 놈이야. 나를 따라오다니 말이야. 개 녀석아, 조금만 짖고 좀 가라 가~! 난 여기 말고 숨을 곳이 없다고. 제발 오늘만 봐주라 개 녀석아. 내가 내일부턴 니들 눈에 안 보이게 있을게. 한참을 짖고 있는데 여자 사람이 개 녀석을 부르는 소리가 들려와. 개 녀석이 귀를 쫑긋하더니 쏜살같이 사람 쪽으로 달려갔어.

휴우~ 살았다. 잠깐 숨 좀 돌리고 이제부터 뭘 해야 할지 생각해 보자.

6.
그믐날이 가까워지니 주변이 어두워졌어. 농장으로 길냥이 녀석들이 나타났는데 나처럼 영역을 찾으러 온 녀석들인가 봐. 저 녀석들 많이 보던 녀석들인데 어디서 봤지? 곰곰이 생각해

보니 올레길 들어오기 전 다리 앞에서 만났던 녀석들이군. 저 녀석들도 머물 곳을 아직 못 찾은 모양이구나. 그래도 내 영역을 내어 줄 수는 없지. 우리가 좀 그렇잖아? 우리 좀 깔끔하잖아? 다른 녀석들하고 함께 살 수는 없잖아?

어디 한번 제대로 붙어 봐? 어라~ 이 녀석들 한 패인가? 떼로 몰려왔네? 흐미옹~~~

이날 밤은 우리들의 영역 쟁탈전으로 온 동네가 고양이 울음 소리로 진동을 했지. 결국 농장에는 두 녀석이 남고 한 녀석은 사라졌어. 내가 넓은 마음으로 이 녀석들에게 양보했지. 다만 개 녀석들에게 들키지 말고 조용히만 살라고 했어. 워낙 넓은 곳이니 이 정도쯤은 나도 양보할 줄 아는 아량이 있는 고양이라고. 나 좀 괜찮은 고양이다냥~ 먀옹~~

7.
농장에는 닭들이 살고 있어. 수탉 녀석하고 한판 붙을 뻔한 적도 있었는데 와아, 그 녀석 보통이 아니었어. 꽤 덩치도 크고 멋진 놈이었지.

"길냥이 이 녀석, 너 여기서 살려고? 이 하우스는 레몬 나무가 있고, 우리 닭들은 무척 오랫동안 이곳에서 살았어. 남의 집에 왔으니 신고식은 해야지 않나?"

나도 체면이 있는 고양이인데 빌붙어 살진 않을 테니 잘 좀 봐주라고 했었지. 잘 지내보자고 한 지 며칠 안 되서 남자 사람이 수탉을 목장으로 데려갔어. 섭섭하더라고.

여자 사람이 말하는 것을 들었는데 목장에 있는 닭장에서 지낸다고 했어. 반갑게 맞이해준 수탉이 어찌 지내는지 궁금해. 함께 있던 암탉들은 별다른 경계 없이 나와 잘 지내주었지. 매일 알을 낳는가 보던데, 첨엔 잘 몰랐어. 어디에 낳는지 눈에 보이지 않더라고. 이 녀석들이 나를 경계하는지 딱 한 곳에만 알을 낳은 것이야. 그런데 여자 사람도 알을 찾지 못하고 있었나 봐. 여자 사람이 남자 사람에게 하는 말을 들었어.

"고양이 녀석이 닭 알을 먹는지 알을 잘 못 찾겠어."
"그믐날 고양이들이 한바탕 울어 대더니, 그중 살아남은 녀석인가 봐. 아무래도 그 고양이 녀석을 내쫓아야겠어."
"순덕이랑 아라는 당분간 과수원에 있어야겠어."

내가 여기 사는 것을 여자 사람은 어떻게 알았단 말인가? 아무리 영역 싸움 소리를 들었다 해도, 내가 얼마나 조심조심 소리도 안 내고 살고 있는데. 게다가 함께 있는 녀석들에게도 단단히 당부해 두었는데. 역시 사람은 사람인가 봐. 내가 알을 매일 공짜로 편안하게 먹는 것을 어찌 알았지? 좋은 시절 다 갔구나, 다 갔어. 이제 나 어디 가서 살지? 애처로운 내 모습을 어쩐다? 걱정이네. 어쩌지?

8.
오랜만에 볕이 좋은 날이야. 장마가 지나고 시원한 바람도 불어서 볕을 쬐며, 뒹굴뒹굴 하늘도 보고, 초록초록 농장의 모습들을 눈에 담으며 한가롭고 평화로운 시간을 보내고 있었어. 차가 없어서 사람도 없으려니 했는데 벌컥 문이 열리며 여자 사람과 개 녀석이 나온 거야.

197

"아라야, 어서 쫓아라~."

여자 사람이 개 녀석에게 나를 쫓아내라고 해. 오먕~ 숨 쉴 겨를도 없이 나는 대나무밭으로 쏜살같이 도망갔어. 여기 오던 그 날처럼 저 개 녀석은 또 대나무 앞에서 짖고 있는데 여자 사람이 대나무밭 앞으로 와서 나를 바라보며 이런 말을 내뱉었어.

"고양이 녀석을 내쫓아야 할 텐데 이 넓은 곳에서 별다른 방법이 없네. 차라리 저 녀석이 쥐도 잡고 뱀도 잡고 그러면 좋을 텐데. 그러기는커녕 닭 알을 다 먹는 모양이야. 사람 먹을 것도 좀 남기도 먹고 해야지. 이 고양이 녀석아~ 너도 양심을 좀 가지고 살아야 하지 않겠냐?"

아이고 억울해. 내가 그래도 고양이지만 경우는 좀 있는데. 내가 닭 알을 하루에 한 개 밖에 안 먹는데. 어찌 된 일이지? 으흠…. 곰곰이 생각해 보니 저 두 마리 녀석들이 닭 알을 갖다 먹었나 보네. 이 녀석들 조용히 살자고 했는데 일을 벌였군. 오늘 밤에 회의를 해야겠어.

9.
고양이 세 마리가 모여 앉았다.

"너희들 닭 알 먹었냥?"
"나는 안 먹으려고 했는데 저 녀석이 먹자고 했다냥. 미옹~"
"옹~ 따끈따끈할 때 먹으면 정말 맛 좋단 말이다냥~"
"아궁 이 녀석들아~ 이러기냥? 있는 듯 없는 듯 살기로 했지 않았냥? 우리는 이제 쫓겨나는 날이 곧 올 것이냥~ 얘들아. 니들 이곳을 떠나거나 닭 알 먹지 않기로 하자. 내 말에 찬성할 수 있겠냥? 앞으로 무슨 일이 일어나면 내가 너희들 보호해 줄 수가 없다냥."

"……."

오랜 시간 회의 했지만 이 녀석들은 고맙거나 미안한 마음이 안 드나봐. 확실하게 대답하지 않고 얼버무리고 딴짓하는 녀석을 보니 내 말이 설득되지 않은 게 분명해. 이 녀석들을 내 영역에 있게 한 것부터가 잘못이었나 봐. 우선 좀 지켜보기로 했어. 낮에 여자 사람이 했던 말이 자꾸 귀에 맴돌아. 개 녀석들을 풀어놓겠다는 말이 메아리가 되어 귓속을 멤멤멤.

큰일이다. 개 녀석들을 풀어놓으면 종일 땅에는 내려가지도 못하고 하우스 위에 쭈그리고 있어야 하고, 낮에는 아무리 그늘이 있다 해도 하우스 위는 그리 상쾌하지는 않은 곳이란 말이지. 대나무 숲에 있기는 너무 서늘하고 말이야. 아아, 오늘은 많이 피곤하군. 다른 냥이들과 의견을 맞추는 일은 항상 피곤한 일이야. 오늘은 닭 알도 안 먹고 신경을 썼더니 허기가 지지만 우선 눈을 붙여야겠어. 저녁때 쥐 녀석을 좀 찾아보기로 하고 한숨 자자. 고르르르릉~

10.
잠결에 자주 듣던 익숙한 소리가 들리는가 하더니 소리가 점점 커지고 있어. 남자 사람의 트럭 소리를 들으며 잠이 깰락 말락 하고 있었어. 집 앞 하귤나무 아래 고랫돌 위에서 늘어지게 자고 있었거든. 기습공격이란 이런 것인가? 잠이 덜 깬 상태에서 개 녀석의 기습공격으로 나는 하마터면 꼬리가 밟히면서 물릴 뻔했어. 저 개 녀석은 나를 보자마자 남자 사람이 트럭 문을 열어주기도 전에 뛰어내려서 나를 향해 쏜살같이 날아왔어.

마옹~ 숨이 멎을 뻔할 만큼 빛의 속도로 달려 대나무 숲으로 몸을 숨겼어. 아니 그런데 이 녀석이 대나무 숲 안을 뚫고 들어오는 거야. 빠르기는 어제 나를 쫓을 때 하곤 바람 가르는 소리가 다를 정도였으니까 혹시 다른 녀석인가 할 정도였어. 대나무 숲 뒤쪽으로 몸을 숨기며 나도 질세라 쏜살같이 달아났지. 조금 떨어진 밭 끝으로 무척 큰 까마귀쪽나무 위로 올라갔어. 넓은 잎이 뭉쳐져 있어서 밖에서 안이 보이지 않고, 오래된 나무라 가지가 무성하고, 굵고 단단하며 높이가 3미터쯤 되어 안전한 편이라 주로 닭들이 여기서 잠을 자. 나는 닭똥 냄새가 나서 이곳보다는 하우스에 자리를 잡았는데, 내가 이곳으로 몸을 피하게 될 줄이야. 에고, 숨 차~

11.
날이 선선해지고 밤이 추워지면 내 털옷도 체온을 지켜주지는 못해. 슬슬 겨울 준비도 해야 하는데 지난번 그 사단이 난 후로는 닭 알을 먹지도 못할뿐더러 땅 밑으로 내려가기가 어려웠어. 나 정말 이러다 공중냥이 되는 거 아닐까? 개 녀석들이 내 움직임을 항상 주시하고 있으니 틈이 좀처럼 나지 않아서 먹을 것도 못 먹고 잠도 제대로 못 자고 사는 게 사는 게 아니야.

그러던 어느 가을볕이 좋은 날, 여자 사람이 하귤나무 아래에 캠핑 의자를 놓고 앉아 개 녀석들과 한가로이 사진을 찍고 전화기를 들고 한참을 만지작거리며 혼잣말인지 개 녀석들한테 하는 말인지 모를 이야기를 했어.

"고양이 녀석들이 분명 아직 농장 안에 있을 텐데 요즘 닭 알이 그대로 있단 말야. 내가 말한 것을 들은 걸까? 농장을 떠나지는 않아 보이는데 그것 참 별일이야~. 암탉들이 알을 한곳에만 낳는 것은 아닐 텐데. 닭장에 낳은 것만 건드리지 않으면 같이 나눠 먹는 것이지. 고양이 녀석이 아무래도 생각을 하는 녀석인가 봐. 짜식~~ 내 맘을 알아차리다니 말이야.

옹? 내가 뭘? 내가 어떻게 사람 마음을 알아차려? 아니 내가 사람이다냥?

곰곰이 사람처럼 생각을 깊이 해 보았다. 여자 사람이 저렇게 말하는 것이 내가 생각 있는 고양이라서 닭장의 닭 알을 안 먹는다고 생각하는 것이잖냥~

그러면 나는 이제부터 닭장의 닭 알을 먹지 않고 흙바닥에 낳은 것만 먹으면 되는 거냥? 미옹~
그런데 가끔 닭들이 닭장에 낳지 않고 흙에만 낳기도 하는데 그러면 여자 사람은 내가 먹었다고 생각하겠지? 냐옹냐옹아옹~ 내가 이래 뵈도 경우가 좀 있는 혈통 있는 고양이인데 그런 누명을 쓸 수는 없지. 옳다구나 하고 무릎을 쳤어.

201

12.

닭 알을 못 먹게 한 후로 같이 지내던 고양이 녀석들 두 놈은 이곳을 떠나 다른 곳에 정착했어. 한 녀석은 올레길 들어오는 입구에 차 두 대가 항상 서 있는 그 집 근처에 자리를 잡았나봐. 또 한 녀석은 올레길 첫 집을 지나 들어오다가 가구 쓰레기가 있는 공장 근처로 정했는지 주로 그곳에 있어. 둘 다 내가 좋아하는 올레길 이웃이 되었어. 낮에 가끔 놀러 오기도 해. 그리고 이 녀석들 에게도 내가 당부를 했어. 닭장에 있는 알은 먹지 말아 달라고. 셋이서 나름대로 룰을 정하고 각자의 영역을 잘 지키며 평화롭게 지내고 있어.

여자 사람은 새벽에 암탉이 울면 알을 낳은 것이라면서 닭장을 찾아오지. 나는 항상 하우스 위에 있다가 여자 사람을 봐. 여자 사람은 따끈한 닭 알을 손에 쥐고 따뜻하다면서 이렇게 갖다 먹는 것이 암탉한테 미안하다고 말을 하는데. 뭐 양심은 있는 건지 뭔지 모르겠어.

"그래, 미안해야지. 얼마나 애써 알을 낳았는데 그것을 갖다 먹…냥."

나도 닭 알을 마음껏 먹고 있고, 두 녀석에게도 나눠주고 있으면서 말이야.

13.

새벽이 되면 암탉들은 닭장 대신에 폭신한 나무 아래 흙을 동그랗게 파고 앉아 알을 낳아. 나를 처음 볼 때는 경계를 해서 그랬는지 몰라도 닭들과 나는 무척 친하게 잘 지내고 있어. 알을 어디에 낳는지도 알고 있지. 닭들은 알을 품을 때가 아니면 알을 낳고는 뒤도 안 돌아보고 수놈을 찾느라고 *꼬꼬댁 꼬꼬꼬꼬 꼬꼬댁 꼬꼬꼬꼬* 소리소리 지르지.. 그러면 여자 사람이 그 소리를 듣고 나오지. 나는 재빠르게 닭 알을 물어다 닭장 안에 슬며시 갖다 놓고는 시치미를 떼고 하우스 위에 올라앉아서 여자 사람이 알을 가지고 가는 것을 바라보곤 해. 매일 그런 것은 아니지만 대부분 그런 날이 많은 편이야.

여자 사람은 알을 손에 쉬고 따뜻하다면서 이런 말을 하곤해.

"고양이가 내 말을 알아 들었나봐. 암탉이 알을 매일 낳지 않고 두세 마리가 돌아가며 낳아도 3일에 2알이나 나올까 말까한데. 날이 궂거나 춥거나 더워도 알을 안 낳는데 어째 요즘 들어서는 매일 알이 닭장에 꼭 하루에 하나씩은 있네. 고양이 녀석이 나누어 먹을 줄 아나봐~ 냐옹아~ 고맙다. 네 마음 내가 다 알아~~"

14.
여자 사람은 매일 내가 먹기 좋게 사료를 담아 녹차나무 아래에 놓아주지. 녹차나무 아래에는 닭들이 들어오지 못하게 망을 둥글고 높게 쳐 놓았지만 나는 넘어갈 수 있었어. 내가 사료를 안전하게 먹을 수 있도록 배려해준 여자 사람에게 고마운 마음을 닭 알로 보답을 하는 거야. 개 녀석들은 매일 남자 사람의 트럭을 타고 목장으로 출퇴근을 하는데 내가 겁이 없는 놈이었으면 나도 트럭 타고 목장에 따라갔을 텐데. 수탉이 어찌 지내는지 궁금해.

15.

 어느 여름날, 올레길 저편에서부터 따그닥 따그닥 소리가 들리더니 덩치가 나무만한 말 녀석이 나타났어. 남자 사람을 등에 태운 채 말야. 말 녀석은 밤새 농장 풀을 뜯어 먹다가, 해가 뜨기도 전에 목장에 간다면서 타박타박 올레길 쪽으로 사라져 버렸지. 그때 그 말 녀석에게 태워 달라고 할 걸 그랬어. 분명 목장에 가면 수탉도 만날 수 있고, 말들도 많을 텐데 말이야~ 말들이 있는 곳에서 지내면 어떨까?

작가의 말

아직 담아내지 못한 우리의 이야기

제 취향은 확고합니다. 로맨스 소설!

[우연이 겹치면 달달한 로맨스]는 [레인로망스]. [다시 연애]에 이은 세번째 저의 로맨스 소설입니다.

원래 혼자였기에 스스로 외로운 사람인 걸 몰랐던 주연이 사랑을 통해서, 세훈이란 사람을 통해서 따뜻해졌으면 했습니다. 너무나 힘이 들 때 그녀가 혼자가 아니라, 누군가 있어주면 좋겠다고 생각했습니다.

세훈에게는 새로운 사랑의 시작이란 설렘을 주고 싶었습니다. 따뜻한 남자 세훈이 달달해지면 어떻게 될지는 각자의 상상에 맡기려고 합니다. 주연과 세훈이, 이후에도 달콤한 사랑을 하고 있기를 바라는 마음입니다.

제가 좋아하는 무조건적인 해피엔딩으로 말입니다.

계속! 더 애절하고 또, 더욱 달달하게 사랑하는 소설을 쓰려고 합니다.

별솔

하루를 마감하면서 일상을 일기장에 써 내려가듯이 자연스럽게 글쓰기를 시작한 것 같습니다. 언젠가 내가 바라던 일을 허구로 쓰면 어떨까 하는 마음에서 소설 쓰기에 접근했는데 그 결과가 생각보다 나쁘지 않게 나와 주어 좋았습니다.

매주 화요일과 목요일의 재미있는 수업으로 저를 비롯한 수강생들을 이끌어 주신 차영민 선생님과 그 옆을 든든히 보조해 주신 김미소 선생님께 감사의 말씀을 전하고 우리의 인연이 여기에 그치지 않고 계속 이어지기를 바라봅니다.

이은주

빨강색 마티즈를 오랫동안 타고 다녔습니다.

엔진을 태워 먹어 교체한 적도 있었고, 운전 중 기아가 뚝 부러져 위태로운 적도 있었습니다.

그 친구와 행복했던 순간, 좋았던 순간, 힘들었던 순간, 괴로웠던 순간, 아팠던 순간들을 함께 했습니다.

마지막 그 아이를 보내고 오랫동안 아쉬워했습니다.

나는 그런 사람인가 봅니다.

물건 하나에도 의미를 부여하곤 정리하고 버리는 것에 머뭇거리는…

www.instagram.com/kskim1052

꿈구슬

사랑하는 강아지 둘을 잃고
시도 때도 없이 가슴이 먹먹했다.
이젠 아무도 키우지 않을 거야.

엄마,
그럼 우리는 어떤 동물을 키워요?
아이의 깊은 상심에 집사가 된 지 3년…

베란다에 큰 화분이 2개 들어왔다.
햄스터 두 마리가 화분이 되었다.
아침 저녁 눈을 맞춰준다.

'너희들 잘 있는 거지?'

'천국의 문 앞에서 당신을 기다려요.'
'당신이 사랑했던 그들과.'
.
.
.

그들 모두를 특별하게 기억해주고 싶었습니다.
사랑하는 반려동물을 천국의 문 앞으로 먼저 보낸
나여주 같은 당신과
이 이야기를 함께 합니다.

민트

사랑이 어떻게 변하니? 라는 유명한 영화대사가 있었다. 사랑이 어떻게 변할까 많은 생각을 했다. 사랑을 하는 이유가 분명 있을 텐데, 그 이유가 사라지지 않은 한 사랑은 변하지 않을 거라 믿었다. 지금 생각하면 참으로 어린 나이였다.

그러다 다양한 사람을 만나면서, 그래. 사람 마음이 변할 수도 있지, 각자의 이익을 위해 변하는 건 사람인데 사랑 그까짓 것도 변할 수 있지 라고 생각을 했다.

그리고 더 세월이 지나고 나니, 이제는 사랑은 변하지 않는다는 걸 알았다. 사랑은 변하지 않는다. 그냥 사람이 변하고 환경이 변했을 뿐임을 깨달았다.

이 글의 주인공 온영과 윤휘는 사랑했다. 뜨겁게는 아니더라도 서로가 존재하는 이유만으로 사랑을 했다. 하지만 헤어졌고, 세월은 흐르고 각자의 인생을 견뎌내고 살아왔다. 윤휘는 사랑하는 마음이 변하지 않았다고 하지만, 온영이 보기에는 사랑은 그대로라도 흐른 시간만큼 나도 변했고 환경도 변했음을 알고 있었다. 그래서 사랑도 상대적으로 예전만하지 않다는 걸 알고 있다. 온영이에겐 그리움과 추억이라면 윤휘에게는 집착과 미련이 되어 버린 사랑도 사랑일까? 책을 읽는 그대에게 질문을 드리고 싶다.

파하비

살다보면 싸울 수 있죠. 미워할 수도 있습니다.
사람에게는 '감정'이 있으니까요.
그렇다고 서로 떨어져 살지 않습니다. 함께 살아갑니다.
왜? 사람에게는 화해할 수 있는 '마음'이 있으니까요.

우리 모두 그렇게 살고 있지 않나요?
미워했다가 좋아했다가, 싸웠다가 화해했다가.
사람이 사람과 어울려 산다는 건 그런 게 아닐까요?

부디, 제가 수줍게 꺼내 보인 이야기에
공감할 수 있기를 바랍니다.

그리고,
'읽어 주셔서 고맙습니다.'
이것은 지금 이 글을 읽는 당신과 함께
살아가고 싶어 하는 저의'마음'입니다.

양민정

내가 태어난 고향은 제주시의 전형적인 농촌마을로 주민모두가 어렵게 살았다. 내가 태어나기전인 4·3사건에 큰아버지가 희생되었고 할머니와 부모님의 4·3 관련한 얘기도 많이 듣고 자랐다.

나의 부모님도 농업으로 나와 동생들을 공부시키느라 허리가 다 휘었다. 농촌의 어려움을 알기에 농업에 종사하지 않겠다고 다짐하여 학교를 졸업하고 바로 공무원으로 발령받아 35여년의 공직생활을 마쳤다. 퇴직하고 보니 공무원생활의 경험 외에는 다른 경험이 없어 다른 경험을 하고자 글쓰기에 도전하였다.

설문대여성문화센터에서 "나도 작가가 될 수 있다" 과정을 수강신청을 하면서 글쓰기에 도전하였다. 이번이 제주시평생학습관에서 "짧은 소설쓰기"에 이어 두 번째 소설쓰기에 도전하면서 글 쓰는 즐거움을 느끼고자 시작했는데 점점 더 어렵게만 느껴진다. 그래도 계속 도전하겠다는 다짐을 하며 썼다.

'착한가족'은 지인과 식사도중 친생자확인소송을 대행한다면서 알게 되어 쓰게 되었는데 친생자가 아니라는 판결과 함께 그 아이는 친생부모가 확인이 안 되면 창씨를 개설하게 된다는 말을 듣고 그래도 아이에게 너무 잔인한 게 아닌가하는 생각에 어렵지만 보듬어준다는 결론으로 쓰게 되었다. 현대에도 정말로 착한가족들이 많이 생겨났으면 하는 희망사항을 담아봤다.

처음 도전에서는 어설프게 공직경험을 이야기에 담고자 했지만 너무 단순하고 재미도 없는 어설픈 얘기가 되어 이번에는 다른 주제로 썼는데 참 어렵다고 느끼면서 썼다.

졸작인 작품을 출판 하도록 물심양면으로 이끌어 주신 차영민 작가 선생님과 김미소 쌤에게 진심으로 감사를 드린다.

강효국

인간은 태어나는 순간부터 모두 존엄하고 귀하다. 인간은 무한한 가능성과 능력을 갖고 태어난다.

소설 속 주인공 이사벨라는 사랑하는 이를 가슴에 묻고 강한 어머니로서의 홀로서기를 위해 오늘도 용기 내어 도전한다.

자신을 사랑하고, 가족을 사랑하며, 이웃과 사회를 위해 봉사한다. 자아실현을 위해 오늘도 도전하고 꿈을 꾼다.

인간은 태어나는 순간부터 많은 사람들의 도움으로 자라난다. 인간은 혼자인 것 같지만 혼자가 아니다.

시설, 아동·청소년들이 18세 이상 되면 시설을 떠나 독립해야 하는 현실을 알고 너무 놀랐다. 그리고 가슴이 아팠다. 아동·청소년은 우리의 미래이다. 아이들이 안전하고 건강하게 자랄 수 있도록 보살펴 주는 것은, 우리 어른들이 해야 할 일이고 당연한 책임이다. 시설, 아동·청소년에 대한 정책을 다시 한번 검토해 볼 필요가 있다. 이 세상 모든 아이는 다 같이 키워야 한다. 18세, 성인이 되었다고 시설에서 무조건 독립시키는 것은 아니라고 본다. 18세 시설, 아동·청소년들이 혼자 자립할 수 있을 때까지 나라에서 기본 정책을 확실하게 마련해 줄 필요가 있다고 본다.

'아베마리아 '소설의 주인공 이사벨라를 만나면서 주변을 돌아보며 깊이 있게 생각할 수 있는 마음과 눈이 생겼다.

102세 한국의 철학자 김형석 교수님의 말씀이 생각난다.

'내가 나를 위해서 산 것은 다 흩어지고 만다.'

'남과 더불어 함께하는 삶이 진정한 삶이다.'

김희복

첫 소설을 쓴다.
거짓말 같은 사건을 늘어놓는 소설은
읽지도 않았던 편견을 털어내는 과정이다.
나에게 소설이란 이야기다.
그냥 글을 쓰는 것이 무엇인지 알아가는
첫걸음을 옮기며 한 계단 올라가려 한다.
자연 속에서 동물, 식물과 함께 지내며
마음속에 담았던 소소한 기억들을 썼다.
군더더기 없는 그들의 일생을 구경꾼으로 바라보며
인간계보다 훨씬 고등동물이라는 것을 알아차렸다.
그들의 이야기 중에 처음 등장한 녀석은
농장에 들어온 길고양이 이야기다.
길고양이와 지내면서 나누었던 나의 감정들을
고양이가 되어 경험한 이야기로 시작한다.

제주밥상 김마마